2020年11月30日、参議院本会議。
憲政史上初めてとなる
手話を併用した質疑をおこなった。
翌年から、参議院では本会議中継の一部ながら
手話通訳が配置されることとなった。

しながわ手話でサッカー教室・
デフサッカー交流会（2020年）

故郷・沖縄にある首里城焼失の現場
を発災直後に視察（2019年）

田村憲久厚労大臣へ難聴乳幼児早期
支援に関する要望（2021年）

参議院内閣委員会での質疑の様子
（2021年）

宮路拓馬総務大臣政務官との自民党青
年局政策実践プロジェクト（2021年）

内閣府大臣政務官として内閣府に
初登庁（2019年）

故郷である沖縄県の子どもの貧困対策を視察（2017年）

「エイブル・アート・ジャパン」の活動を視察（2017年）

“政治の母”とあおぐ、現参議院議長の山東昭子議員（2016年）

参議院選挙に全国比例区で出馬、初当選（2016年）

官邸にて「非常災害対策本部会議」に出席した（2019年）

「令和元年房総半島台風」の現場を視察（2019年）

生後３日目で、息子の礼夢（らいむ）君には聴覚障がいがあることがわかった。その息子は現在17歳、夢だったプロレスラーになった（プロレスリング HEAT-UP 所属）。小写真は、デビュー戦を終えてリング上で手話を使って話す礼夢君（2020 年）

ソロとして歌手活動を続けながら、東日本大震災の被災地などを長男の礼夢君とともに訪問していた(2014年)。右下の写真はボランティアで礼夢君とフィリピンのろう学校を訪れたとき

礼夢君を出産したのは2004年の21歳のとき

動かなきゃ、何も始まらない

聴覚障がいのある息子を育てる母として、
「ＳＰＥＥＤ」から政治家となった女性として

今井絵理子

はじめに

新型コロナウイルス。
私が参議院議員になった5年前には、聞かれない言葉でした。
世界中がかつて経験したことがない未知のウイルスは、
社会構造を変化させるだけでなく、人々の生活も一変させました。
逼迫《ひっぱく》する医療現場で、
懸命にその使命を果たしてくださっている医療従事者の方々。
感染拡大防止のために、営業自粛を余儀なくされている事業者の方々。
多くの方が今もなお、先行きがまったく見通せない状況が続いています。
また、コロナ禍で女性や若者（特に児童、生徒たち）の
自殺率が上昇しています。
さらに、DV（ドメスティック・バイオレンス）の相談件数は
過去最多を記録しました。
社会が受けている間接的な影響は、とても大きく深刻です。

新型コロナウイルスが終息するのは、まだまだ時間がかかりそうです。

「ソーシャルディスタンス」「ステイホーム」という言葉が
当たり前となって2年がたち、
週末に全国各地でおこなっていた地方講演は、
ほとんどがオンライン形式になりました。
家族や大切な人と過ごす時間、自分自身と向き合う時間が増え、
生活スタイルを見直している方も多いのではないでしょうか。
私自身もそうです。
リビングで息子がくつろぐ姿を横目に、
リモート会議をおこなうことも少なくありません。

息子は、昨年12月にプロレスラーとしてデビューし、17歳になりました。
自分自身で選んだ道を懸命に突き進む息子の姿を見るたび、
成長を感じて感慨深い気持ちになります。

生後3日目、息子の耳が聞こえないことを医師に告げられました。
事実を知ったとき、私はたくさん泣きましたが、
笑顔で育てようと決意したあの日から
「いつも笑顔で……」が我が家のルールになっています。

振り返ってみれば、SPEEDのメンバーとして12歳でデビューして
25周年を迎えました。
解散、ソロ活動、結婚、出産……。そして、政治家として。
私が歩んできた半生、選んできた生き方、
それは決して完璧などではありません。
むしろ、失敗のほうが多いかもしれません。
それでも、後悔はしていません。
なぜなら、すべて自分で選択してきた道だから。

一歩踏み出すときは、いつも不安で、怖い。

それは私だけではないはずです。
しかし……。
「動かなきゃ、何も始まらない」
失敗を恐れるよりも挑戦していきたい。
私と同じ女性や、私と同じお母さんに、
少しでも笑顔に、元気になってほしいと常々思っています。
そんな思いで本書を綴《つづ》りました。

令和3年、晩秋　今井絵理子

目次

第三章　SPEEDが私の原点

第四章　政治家として目指すこと

第一章
政治家になった私

目の前の壁が高ければ高いほど、
成長が待っている
だから、ずっと挑戦していたい

参議院議員・山東昭子さんとの出会い

「今度、講演をお願いしたいそうだから」

所属事務所ライジングプロダクションの社長に突然言われたのは、2009年の年末のことです。

参議院議員・山東昭子さん（現参議院議長）が会長を務められている「聴覚障害児を育てたお母さんをたたえる会」での講演依頼でした。山東さんは、私が全国の特別支援学校や障がい者施設、児童福祉施設などでボランティア活動をしていることをご存じだったようです。私の経験が少しでもお母さん方のお役に立てるのなら、と二つ返事でお引き受けしました。これが後に私の人生を大きく変えることとなる、山東昭子さんとの出会いでした。

ちょうどそのころ、私は障がいのある方たちが働けるようなＮＰＯ法人を立ち上げたいと考えていました。ボランティア活動を通じて出会った数多くの障がいのある方たち。彼ら、彼女らの仕事のお手伝いをしたい。みんなが輝ける居場所をつくりたい……。そのこともご相談させていただければありがたいなと思っていました。

「聴覚障害児を育てたお母さんをたたえる会」の講演では、聞こえない息子を通じて学んだ経験談や、これまでの活動についてお話しさせていただきました。

〝伝える〟ために講演したつもりだったのですが、会場にいらっしゃる方々は私と同じように、耳が聞こえない子どもを育てているお母さんたちだと思うと、安心するというか心強いというか……。私もひとりじゃないんだという、不思議な安堵《あんど》感を〝いただいた〟のを覚えています。

再会、そして突然の「お誘い」

それから6年余りを経た2016年1月、「今年の聴覚障害児を育てたお母さんをたたえる会に、今度は来賓でお越しください」と山東さんからご連絡がありました。私もみなさんと同じ耳が聞こえない子どもを育てる母親のひとりなので少し戸惑いましたが、その会には来賓として臨席させていただきました。

会の終了後、社長から「山東さんがこの後一緒に食事をしたいそうだから、お願いします。そのときに参議院選挙の応援依頼があると思うので、引き受けてください」と言われました。選挙の応援演説はどんなことを話せばいいんだろう、政治の知識がほとんどない私にできるだろうか……などいろいろなことを考えながら会食の席に向かいました。

ところが、食事をしながらお話をしてみると、どうも話が噛み合わない。これはいったいどういうことだろう……。話を整理したく、「山東さん、私は山東さんの参議院議員選挙の応援にお伺いすればよろしいんですよね?」とお聞きしました。すると驚愕《きょうがく》の一言が。

「違うわよ、今日はあなたに選挙に出てもらうお願いの場なのよ」

私が呆気《あっけ》に取られていると畳みかけるように「皆と相談して、2週間で答えを決めてね」とおっしゃりながら、お食事を口に運ばれにっこり。「おいしいから、温かいうちにいただきましょう」と。

このときの私の気持ちを漫画で表現すると、「え―――――!!!!」という文字が見開きページいっぱいの大きさで描かれているような感じでしょうか。「目の玉が飛び出る」とは、こういうことなのか……と思ったのを、今でも覚えています。

山東さんは、これまでの私の活動をずっと見てくださっていたそうで、自分の行動が評価されたのは嬉しかったのですが、まさかこんな展開になるとは夢にも思っていませんでした。

そのとき、私が山東さんにお聞きしたことはひとつ。

「政治の世界に入ると、障がいのある子どもたちや、虐待を受けている子どもたちを救うことができますか？」

山東さんは一言、こうおっしゃいました。

「それはあなた次第よ」

障がい者や子どもたちのために活動したいとは思っていましたが、「政治家になる」という考えはまったくありませんでした。

この日からどうすべきか、とにかく考えました。もちろん、家族にもすぐに相談しました。

母は「忙しくなったら、礼夢《らいむ》の面倒はどうするの?」と反対しましたが、父は意外にも賛成してくれました。

私の父は躾《しつけ》に厳しく、上京する前の私にとって、怖いお父さんでした。出馬についてどうするか家族で話し合っているときに、ふと、小学生のころ、いつもソファーの真ん中にドンと座り、政治のニュースを見ていた父の姿が脳裏に蘇《よみがえ》りました。

出馬することについて、一番応援してくれて、背中を押してくれたのは父でした。正直驚きましたが、父の理解があったからこそ、話がスムーズに進んだといってもいいかもしれません。

最後は「自分で決めなさい」というのが、家族の出した答えでした。

動かなきゃ、何も始まらない

今でも皆さんに言われることは「よく政治家になる決心をしたね」「なんで政治の世界に入ったの？」ということです。

これまで述べてきたように、私も自分自身が政治家になるなんて想像すらしていませんでした。しかし振り返ってみると、このタイミングで、それも山東さんからお話をいただいたことは、偶然ではなかったのかもしれません。

山東昭子さんといえば、10代のころから女優業・司会業など芸能界で活躍され、１９７４年32歳のときに田中角栄内閣総理大臣（当時）に請われ最年少参議院議員として政治家に転身された方です。その後、科学技術庁長官などを歴任され、現在は参議院議長を務められています。くしくもお話をいただいたとき、私は32歳。そして山東さんと同じ芸能界出身という共通点がありました。

また、出馬のお話をいただいたとき、ちょうど私は「チェンジ」をテーマに暮らしていました。前年あたりから、これまでやってきたボランティア活動の今後の展開や、歌手としての活動などについて、このままでいいのかと自問していた日々が続いていました。直前には自分を磨き直す意味も込めて、単身で渡米しボイストレーニングを受けました。SPEEDとしてメンバーや多くのスタッフとともに渡米したことはありましたが、英語も話せない私がひとりでアメリカに行ったのですから、今思えばさまざまなことで相当悩んでいたのかもしれません。その間、母が息子の面倒を見てくれるために上京。息子とはFace Timeでコミュニケーションを取っていました。

とある日、ボイストレーナーの方から、「今井さん、山に登ったことはありますか？」と聞かれました。

「沖縄に海はありますが、高い山はないので」とおどけていると、「一度登りましょう」と、ロサンゼルスにあるテメスカルキャニオンという山を登ることになりました。山頂で見た絶景は今でも忘れません。壮大な自然のエネルギーを感じながらおのずと涙が込み上げました。自分の存在がちっぽけなものだと気づくと同時に、自分の悩みもまた、小さいものだと知りました。

そして、ここから見える景色のように、自分の人生を俯瞰《ふかん》的に見てみようと思いました。そう決意すると、自分の中にあったモヤモヤと停滞していたものはなくなり、とにかく前に進もうという気持ちになりました。ボイストレーナーの方には、私の心の中を見透かされていたのでしょう。とても素晴らしい機会となりました。

帰国してからは心機一転、断捨離を決行し、携帯電話の電話帳もほんの数件を残してすべて消去しました。真っさらな気持ちで、これから起こるすべての出来事に全力で向き合おうとしていたのです。出馬の打診はその矢先の出来事でした。

家族会議から2週間後、山東さんにお返事しました。

「お話をお受けします。よろしくお願い致します」

初めての選挙

2016年6月22日、東京・有楽町。

「全国比例代表として出馬いたします、今井絵理子と申します！」

参議院議員候補として、第一声が始まりました。私にとって政治の母となった山東さんも応援に駆けつけてくださりました。

参議院議員の選挙戦は17日間。通称全国比例区、正確には非拘束名簿式比例代表制という制度の中で立候補した私は、北は北海道から南は沖縄まで、すべての有権者に個人名を書いてもらわなければなりません（政党名でもよいのですが、個人名の得票が多くなければ当選できないのです）。まさか自分が肩から「今井絵理子」と書かれたタスキをかけて日本中を駆け回る日が来るなんて……。とても不思議な気持ちでした。

初めての選挙。選挙期間中はとにかく無我夢中でした。選挙の仕組みなど、右も左もわからないことだらけ。わからないことは山東さんの事務所の方々に教えてもらい、ときには自分で調べたりしながら選挙を戦っていました。

選挙中は「障がいのある方たちとの共生社会の実現に向けて」ということを主なテーマとして訴えました。障がいの有無にかかわらず、すべての人が互いに尊重する社会の実現こそが私の公約でした。耳が聞こえない息子との経験やボランティア活動を通して学んだこと、そして、ここが変わればもっと社会が良くなるということを伝えてきました。それは立候補する前から幾度となく講演会などを通して伝えてきたことでした。

選挙はライブと似ている

選挙を通じて感じたことはたくさんあります。そのひとつは〝選挙はライブと似ている〟ということです。有権者の方に対して演説を通じて思いを訴えることと、観客に向けて歌を通じて思いを届けること。目の前の多くの方々に気持ちを伝えることは、どちらも同じでした。演説もライブも〝演目〟はある程度決まっているのですが、演説場所や聴衆の雰囲気に応じて話す内容を追加したり、アレンジしたり。その瞬間瞬間の選挙のライブ感は、音楽のライブととても似ていると思います。

　また、「今井絵理子だ」と声を掛けられ、「ありがとうございます」とお辞儀をして握手をすることも同じ。SPEED時代と微妙に違うのは、「今井絵理子をよろしくお願いします」と付け加えることでしょうか（笑）。ほかにも、選挙期間中は全国各地を歩くのですが、それらもSPEEDとして全国ツアーなどをおこなってきたおかげで、移動の大変さも乗り越えることができました。

　一方で、ライブとは違う空気感も味わいました。SPEEDのライブでは目の前にいる皆さんは応援してくれるファンの方のみ。でも選挙はそうはいきません。年齢層も思想も考え方も幅広い。演説中に厳しい声が飛んでくることもあります。冷めた視線を送る方もいれば、選挙ビラを受け取っていただけないこともあります。さすがに物を投げつけられたことはありませんでしたが（笑）。

そんなとき、遠い昔の記憶がふと蘇ってきたのです。ＳＰＥＤ結成前、「沖縄アクターズスクール」というタレント養成所にいたころ、デパートの屋上などで歌っていたことがあったのですが、そのころはお客さんも数人（主に家族）で、一生懸命歌っていても、まるで聞こえていないかのように、目もくれずにすーっと通り過ぎてしまう方がたくさんいました。「うるさいよ」と言われたこともありました。子ども心に少し傷つき、寂しい経験を何度も繰り返しました。でも昔から負けず嫌いな私は、それでも歌い続けました。

こうした状況をすでに小学生のときに経験していたので、打たれ強いメンタルは、あのころから鍛えられていたのだと思います。

今では全国各地の選挙応援に声を掛けていただき、足を運ばせていただいています。街頭に立つことが多く「客寄せパンダ」と言われることも少なくありません。でも、ＳＰＥＥＤ時代のマネージャーさんに言われてきた「そう言われているうちが華」という言葉を思い出しながら、何を言われても与えられた役割と仕事を一生懸命取り組むことにしています。これまでの経験があったからこそ、選挙戦を乗り越えられたのだと思います。

すべてが初めての選挙でしたが皆さんの応援のおかげで31万9千359票をいただき当選させていただきました。感謝の気持ちと同時に、これからまた新たなチャレンジが始まる……。これまでとは違う、とても身が引き締まる思いでした。

初めてのスーツとメイク

2016年8月1日。参議院選挙後初めての国会となる第191回国会（臨時）が召集されました。いわゆる初登院といわれる日です。事実上この日から国会議員としての活動が始まりました。

黒いスーツを身にまとい、左胸に大きな議員バッジをつけて国会正門から登院しました。登院した新人議員は多くのマスコミに囲まれ、抱負や意気込みを取材されます。「タレント候補」として注目していただいた私も、例外なく記者の皆さんから多くの質問を受けました。ここでの発言は、毎回大きなニュースとして取り上げられるので、慎重に言葉を選ばなければと、とても緊張した記憶があります。

さぁ、今日から議員です。「障がい者施策を充実させ、多様性を認め合える共生社会を目指すぞ」という意気込みこそあふれていましたが、さて、何をどこから始めていけばよいだろう……。とにかく、アメリカから帰国したときと同じく、真っさらな気持ちで、これから起こるすべての出来事に全力で向き合おうと決めました。参加できる会議、勉強会、出席依頼のある会合にはすべて出席しました。

　ここで少し、自民党所属議員の一日のスケジュールをご紹介します。一日の始まりは毎朝8時。自民党本部のさまざまな部屋で「部会」と呼ばれる各分野の勉強会が開催されています。同時刻に複数の部会が開催されており、あたかもサブスクリプションサービスのように、出席したいときに好きなだけ出席できる勉強会です。でも、身体《からだ》はひとつ。関心の高い部会を選び出席するのですが、それが重なっている場合は短時間ずつ出席して、意見を述べることもあります。出席できない場合は秘書が代理出席し、後にその資料をもとに情報を収集します。

　部会では事実上の法案審査ともいえるような詳細な議論をおこなうこともあれば、専門家を招いて意見交換をすることもあり、内容は多岐にわたります。多くの場合は約1時間ずつおこなわれます。早朝から想像以上に活発な議論が交わされていることに驚き、ついていくのに必死でした。さまざまな部会が夕方5時ごろまで開かれていますが、その間に本会議や委員会、来訪客や陳情などの対応をします。

朝の部会にはサンドイッチなどの軽食が、昼は自民党カレー（名物です！）が用意され、食事をしながら議論を進めます（現在はコロナの影響で食事の提供は休止されています）。これまで、食べながら議論したことなどなかったので新鮮でした。そうはいっても真剣な会議です。味を楽しむ余裕などなく、とりあえず空腹を満たすという感じです。

最初のころは、部会の内容もちんぷんかんぷん。真剣に話を聞いていても、まったく意味がわからない。勉強をしてもしても、なかなか追いつけない。省庁の職員さん（いわゆる役人）の説明もとても早口で……。失礼な話ですが、それは、まるでお経のようでした。

政治家なのだからわかって当然という空気感が漂う中で、わからないことをそのままやり過ごしてしまうと、さらにわからなくなって迷宮入りしてしまいます。このままじゃいけないと思い、わからないことはなんでも恥を忍んで聞いてきました。うっとうしく思われたり、馬鹿にされることは覚悟の上で、先輩議員に「これはどういう意味でしょう?」としつこく聞いていました。

私が政治キャリアもない新人だったからか、先輩議員は優しく対応してくださりました。本当にありがたいことでした。会議以外の時間に一から丁寧に教えてくださった議員もおられ、今でも感謝しています。

仕事が終わり自宅に戻ると、ノートに書き留めておいた〝理解が難しかったこと〟を復習しました。それでも理解できないこともしばしば。本当に苦しかった……。とにかく政治関連の本を読み漁《あさ》り、なんとか吸収したい、理解したいと必死でした。

ライフスタイルもがらりと変わりました。恥ずかしい話ですが、実は議員になるまで自分でメイクをしたことがありませんでした。沖縄から出てきたころはまだ化粧を知らない年で、SPEED時代はいつもプロのメイクさんがいました。ですから、プライベートはもちろんボランティア活動をしていたときも、ほぼすっぴん。メイク用品もほとんど持っていません。眉毛の整え方すら知りませんでした。

またビジネス用のスーツも着たことがありませんでした。私服はもちろんステージに立つときも足元はスニーカー。議員にふさわしいスーツ、ストッキングにヒールがこんなにも辛《つら》いとは思いませんでした。

持ち物ひとつ、言葉遣いひとつ、どれをとっても、私のこれまでのスタイルとは大きく異なる世界です。名刺交換の仕方をはじめとしたビジネスマナー、コース料理で使うカトラリーの順番などのテーブルマナーも身につけなければなりませんでした。32年生きてきて初めてのことばかり。すべてが学びでした。「それでよく政治家になれたね」と言われてしまうのを承知で申し上げますが、歌とダンスしか知らず、人としての基本ができていなかったのです。

当選してからほどなくして、身体のあちこちに蕁麻疹《じんましん》が出るようになりました。これまでそのような経験はなく、息子が楽しそうにテレビを見ている横で、真っ赤に腫れ上がった自分の腕をじーっと見つめていました。そんなことを繰り返していたある日、それが全身に広がりました。

「とにかく寝よう」

私はこれまでも、考えてもどうにもならないときは、とにかく寝ることにしていました。そして翌日、考える。

議員になって以降、慣れない生活と焦りや不安で眠れない日々が続いていたので疲れがたまっていたのかもしれません。身体が教えてくれたのだと思います。

局所的な蕁麻疹はしばらく続きましたが、「全身に蕁麻疹が出た一件」を最後に、こういった体の変調はなくなりました。何がきっかけかはわかりませんが、またひとつ、自分の中で何かを乗り越えたのかもしれません。

最初の1年はとにかくあっという間に過ぎました。失敗もたくさんあったと思います。けれど、無我夢中でがむしゃらに挑んでいたので、失敗を振り返る時間はなく、ひたすら走り続けていました。

どんなことにも
〝ありがとう〟を忘れずに

表の議運、裏の国対

国会が開かれる期間（会期）は150日間の通常国会（常会）と臨時国会を合わせて平均年間220日程度だといわれています。これに加えて閉会中審査もあります。会期中、参議院の場合、本会議は月曜日と水曜日、金曜日の朝10時に開会し、各委員会は火曜日と木曜日の朝10時から17時まで開会することが定例となっています。もちろん、この限りではありません。政治は「生き物」といわれるほど、刻々と変化します。いつ何が起きるかわからない不測の事態も想定し、国会会期中はそのときの状況を見ながら随時対応していかなければなりません。

1年目、私は国会における役として、議院運営委員会（議運）、文教科学委員会、沖縄及び北方問題に関する特別委員会（沖北）などに配属されました。少し複雑なのですが、これに加えて参議院自由民主党国会対策委員会（国対）という党の機関にも配属されました。

このなかで少し特殊な委員会が、「議運」といわれるものです。主な役割は、国会における日程調整や法案の審査の振り分けといった、国会運営の進め方などを決めることであり、国会の公的な機関のひとつです。わかりにくいのですが、これに似た機関で各政党の私的機関である「国対」と呼ばれるものがあります。役割はとても似ていて、各党の国対で決めた運営方針を、公式な国会の機関である議運で決定することが多く、「表の議運、裏の国対」と表現されることもあります。異なる政党間での調整が主な仕事と言えばわかりやすいかもしれません。

国会対策委員会に所属する議員は朝早くから国会内に待機し、当日の国会の動きや今後の日程などの調整・報告をおこないます。国対では国会内の全ての動きを把握することになるので、ここで「国会のいろは」

を学ぶことができました。初めて「国対」という言葉を聞いたときは「こくたい＝国民体育大会」のことだと勘違いし混乱しました。

余談ですが、国会にはさまざまな特有の用語や略語、言い回しがあります。例えば、各委員会で大臣が法案の主旨説明をすることは「お経読み」（アドリブが許されない原稿を淡々と読み上げるため）、省庁の職員から受ける説明のことを「レク」（講義を意味するレクチャーが語源）、野党が審議拒否することを「寝る」、逆に審議に戻ることを「起きる」などなど。審議を拒否している（寝ている）野党を説得に行くときは「起こしてくる」なんて表現をします（笑）。国会用語に慣れるのにも時間がかかりました。ここでもわからないことは、先輩議員に聞き教えていただきながら覚えていきました。きっと、まだまだ私の知らない用語が国会の中で飛び交っているはずです。

委員会では法案に対して詳しく審査することはもちろん、所管する省庁の一般的な施策についても意見することができます。私は障がいのある方に関する政策や、沖縄に関わる政策に携わりたかったこともあり、特別支援教育を所管する「文教科学委員会」と「沖縄及び北方問題に関する特別委員会」に配属していただきました。医療・福祉行政を所管する厚生労働委員会にも関心があったのでとても悩みましたが、障がいのある子どもに対する教育の課題が山のようにあったことが決め手となりました。

初めての委員会質疑では緊張のあまり、声が震えてしまいました。結局、その日は疲労のあまり自宅のソファに座ったまま、メイクも落とさず寝落ちしてしまいました。その後も、質疑に立った日の夜は大体いつもこのような感じです。

国会での質疑はその準備が大変です。委員会質疑の通告（質疑の内容を確定し役所に知らせること）は原則2日前が締め切りとなっています。役所は質問通告を受けてそれに応じた答弁を用意し、大臣にレクをするという流れで対応します。

委員会で質疑することが決まるとすぐに役人から、「どんな質問をされますか？」と連絡が入り、「勉《べん》レク」と呼ばれる勉強会や、「問《もん》とり」と呼ばれる聴き取りが始まります。

質問作りが始まるといつも徹夜の連続です。栄養ドリンクを片手に、資料を並べ、これまでの議事録を読みながら、課題を整理していきます。自分の主張の裏づけとなる材料を探すために、論文や専門家会議の会議録を集めて読みふける日々です。また、視察などで出会った方々と意見交換したことを質問に取り入れることも多くあります。私は当事者の声が何より大切だと考えています。だからこそ、たくさん足を運び、自分の目で見て、聞いて、感じる「現場の感覚」を反映させていくことが私のセオリーです。私にできることは、とにかく自らの実体験や現場の「生の声」を伝え、政策に反映させることだと思っています。コロナ禍で視察の機会は減り、当事者の方々と直接お会いする場面は減ってしまいましたが、Ｚｏｏｍなどのリモート会議ができるアプリを用いて、意見交換をしています。リアルとリモート。そのどちらも大切にしながら、これからも政策づくりに活《い》かしていきたいと思っています。

内閣大臣政務官を拝命

「やってみたらいいわよ」

内閣府大臣政務官への就任を打診された直後、山東昭子さんに相談したときのお言葉です。

２０１９年９月。第４次安倍第２次改造内閣で、内閣府大臣政務官を

拝命しました。担当は防災をはじめ、男女共同参画、科学技術・イノベーションなど、17分野にわたりました。

当選してから3年。主に障がい者政策などに力を注いできた中で、ある意味、まったく違う分野を任される。発言ひとつとっても、これからは国会議員の発言ではなく、政府の見解として受けとられます。軽はずみな発言はできないと思うと、焦りと緊張がじわじわと湧いてきました。

マスコミをはじめ、いろいろな方から「任せられるのか？」「大丈夫か？」という批判が、多くありました。私も内心は怖かった。プレッシャーに押しつぶされそうで逃げ出したいとすら思いました。

昨日まではまったく違う環境に置かれ、対等に話していた役人の方たちが部下になり、一緒に仕事をすることになります。国会では質問する立場から答弁する立場へ。ひとつ、ひとつ、質問の意図をきちんと正確に理解し、質疑者が納得のいくお答えをしなければなりません。先ほども述べましたが、私の発言は政府の公式な見解と判断されます。大きな責任を感じ、これまで以上に眠れない日々が続きました。

質疑と答弁がうまく噛み合わなかったことも何度かあり、質疑者の方に対しては本当に申し訳なく思いました。蕁麻疹こそ出ませんでしたが、ひとり悔し泣きをした夜は何度もありました。「今井絵理子で大丈夫か?」と思われているのが、ひしひしと伝わってきて、余計に焦ってしまう。しっかりやらなきゃと思えば思うほど、空回りをして、自分を追い込んでいたように思います。

思うようにうまくできなかったときは、また悔し泣き。そんな日々の繰り返しでした。

苦しいとき、必ず思い出す言葉がふたつあります。ひとつは
「神様が与えてくれた試練だから乗り越えられないはずがない」

この言葉のお陰で、ＳＰＥＥＤ時代からいくつもの壁を乗り越えることができました。私にとって、〝おまじない〟のようなこの言葉との出会いは第二章に綴ります。

もうひとつは「あせらず　くらべず　あきらめず」

耳の聞こえない息子を育てる中で出会った、同じ境遇のお母さんたちから教えていただいた言葉です。子育てだけではなく、仕事においても大切な言葉となりました。

そして最後はやっぱり寝ること。これでリセット。

もちろん、同じ失敗はしたくないので、寝る前に反省点をピックアップし、納得いくまで考えます。失敗を糧にしないと、前に進むことはできません。どんなに泣いても悩んでも、明日は訪れます。新しい気持ちに切り替えるためにもまずは寝ること。そして爽やかな朝を迎えること。

政務官を務めた約1年の間、いろいろなことを経験させていただきました。

そのひとつに、防災担当の政務官として、「令和元年台風第19号等を踏まえた高齢者等の避難に関するサブワーキンググループ」を設置したことがあります。在任中は大雨や台風による災害が頻発し、高齢者や障がいのある方など、支援を必要とする方々に関わる防災対策が急務でした。このグループでは専門家や当事者の話を伺いながら取り組みを進めてきましたが、結論を待つことなく、新内閣発足に伴って政務官の任期を終えることとなりました。次の担当者に引き継ぐことになりましたが、本音をいえば最後まで担当したかったです。

任命された当初は逃げ出したいほど辛かった私ですが、気がつけば職責の重さとともに大きなやりがいを感じていました。これまでとはまったく違う分野の仕事を任されたのだと思っていましたが、決してそんなことはありませんでした。政務官の経験を経て、改めて障がい者政策が多岐にわたるものだと気づかされました。政治家として自分の視野も大きく広がったと思います。新たな課題と目標も見つかり、退任後の議員活動に活かされています。

「知らない世界」に飛び込むことはとても不安です。けれど、そこに新しい発見が必ずあります。私はこれからも、恐れずに何事にも挑戦し続けていきたいと思います。

Eriko's Sayings

思考や感情は
寝ることで一回リセット!!

第二章
耳が聞こえない息子とともに

神様が与えてくれた試練だから、
乗り越えられないはずがない

息子はプロレスラー

「礼夢」

礼を重んじ、いつまでも夢を持ち続け、笑顔で元気に育ちますように。

そんな思いを込めて「礼夢（らいむ）」と名付けた子は、今年17歳になりました。名前の通り、夢を見つけ、どんなハンデにも負けず、ひたむきに夢を叶《かな》え続けているひとり息子。

2020年12月7日。

大きな歓声の中、ひとりの少年が色とりどりのスポットライトに照らされました。

「プロレスラー今井礼夢」が誕生した瞬間です。

紫色のコスチュームに身を包み、対戦相手に鋭いまなざしを向ける姿は、これまでともに歩んできた穏やかな息子とは、別人でした。ゴングが鳴って試合が始まると、相手の出方を探りながら、それぞれの技が繰り出されました。デビュー戦の相手は、師匠であり現役チャンピオンのTAMURA選手（プロレスリングHEAT－UP所属）。

強烈なチョップや蹴りを受ける息子を直視できず、思わず顔を背けますが、会場に鳴り響く鈍い音がさらに私の不安を掻き立てます。しかし、倒れても倒れても立ち上がる息子の姿に突き動かされ、気がつけば観客とともに「がんばれ！　負けるな！」と声援を送っていました。

デビュー戦は白星とはなりませんでしたが、戦いの後の息子の笑顔と涙を見て、私も熱いものが込み上げると同時に、息子とともに歩んだ人生が走馬灯のように蘇りました。

このとき息子は16歳。私がＳＰＥＥＤを解散して第二の人生を歩み始めたころの年です。少しずつ思い出される自分の記憶をたどりながら、息子とともに歩んできたこれまでの人生を振り返りました。

第二の人生

２０００年３月、私は16歳。高校１年生でした。ＳＰＥＥＤは約３年半の活動に幕を下ろしました。メンバー全員がまだ10代。それぞれが描く道を歩むために、ソロ活動を開始しました。第二の人生の幕開けです。

歌い続けると決めていた私は、ソロになったのち、作詞や作曲も手がけるようになりました。ＳＰＥＥＤ時代は作家の方に書いていただいた曲に、自らの感情を合わせるように歌ってきたのですが、今度は「今井絵理子」の感情や、伝えたいメッセージそのものを、楽曲で表現したいと強く思うようになっていました。

当時は宇多田ヒカルさんをはじめ、多くのシンガーソングライターが音楽シーンを飾っていたこともあり、解散前から、詞を書いてみては伊《い》秩《ぢ》弘将さん（ＳＰＥＥＤのプロデューサー）にＦＡＸで送ってチェックしてもらうようになっていました。作詞に関する技術的なことはわからなかったのですが、ただひたすら自分の思いを詞に変えていきました。

このときは曲を作りたいというより、仕事のなかでも自分の気持ちをうまく言葉で伝えることができなかったことが多く、こうして紙に詞を書くことで、誰かに自分の気持ちを伝えようとしていたのだと思います。

伊秩さんには「絵理が書く詞は本当に暗いよね」なんて笑われたりしました。

ソロ活動の方針を決めるにあたってスタッフから
「どんなジャンルの曲がやりたいの？」「何をやってみたい？」

と聞かれましたが、はっきりと答えることはできませんでした。

このときまだ16歳。ただでさえ対面する人に言いたいことをうまく伝えられなかった私は、大人たちに明確なビジョンを示すことなんてできませんでした。ただ、歌いたい。ただ、気持ちを表現したい。がむしゃらにギターやピアノを使って曲作りをしていました。

これまでとは異なるソロ活動。不器用な性格もアダとなりました。とにかく、人に頼ることが苦手な性格。甘え下手。可愛がられ下手。思春期特有の強がりや反抗心もあったのだと思います。そのせいで、私を気遣ってくださっているスタッフさんともコミュニケーションがうまくいかなくなり、やがて誰を信用していいかわからなくなりました。そして、自分以外何も信じられないところまできました。私を支えてくださっていた周囲の大人たちにはさぞ〝可愛げのないやつだ〟と思われていたことだと思います。

模索と挑戦

自身の活動のビジョンを明確に示せなかった私に、事務所やスタッフの方たちはいろいろなお話を提案してくださりました。その中には歌以外のお仕事にも挑戦する機会がありました。

自信があったわけではありませんが食わず嫌いはやめておこうと、与えられたチャンスにはすべて挑戦しました。ドラマや映画にも出演しました。しかし、演じることだけは、なかなか得意になれませんでした。

そんなある日、大きな仕事が入ってきました。巨匠・蜷川《にながわ》幸雄さんが演出するミュージカル『NINAGAWA火の鳥』への出演です。それも、今や日本を代表するアリーナ施設となった「さいたまスーパーアリーナ」のこけら落とし公演です。しかも、主演という大役です。

蜷川さんといえば厳しい演技指導でとても有名な方。周囲の方からも「本当に怖いよ」と聞いていました。蜷川さんのことも怖かったのですが、一番怖かったことは、自分にこの大役を担うことができるのだろうかということでした。本番一発勝負！のミュージカルに自信がなかったのです。私は不安で押しつぶされそうになりました。これほどまでに大きな壁にぶつかったのはこれが初めてのことでした。

もちろんSPEED時代にも壁にぶつかったことは何度もありましたが、そのときは常に3人のメンバーがいました。4人が力を合わせれば乗り越えられる、と強い気持ちを保つことができました。しかし、今回はひとり。孤独。とにかく不安な毎日が続きました。

私が弱っているのを察知したのか、心配した母が沖縄から上京してくれました。このころは一人暮らしをしていたので、掃除・洗濯・食事などのサポートをしてくれました。とにかく母がいてくれるだけで心強かったです。
そんなある日、トイレの壁にそれまでなかったカレンダーが掛けられていました。

「神様が与えてくれた試練だから、乗り越えられないはずがない」

カレンダーに書かれた言葉を見た瞬間、厚い雲で覆われていた私の心に、一筋の光が差し込みました。それからは、がむしゃらに稽古に臨みました。うまく演技ができず、悩み、落ち込むこともありましたが、多くの演者やスタッフさんが、本番に向けて全力を尽くされています。逃げ出すわけにはいきません。母がそっと贈ってくれたこの言葉を何度も思いだし、自分に言い聞かせました。
いよいよ迎えた本番。いくつかセリフが飛んでしまうなど、とても完壁と言える結果ではありませんでしたが、最後まで諦めることなく挑むことができました。

立ちはだかる壁の多くは自分との戦い。この戦いに勝ったときに初めて壁を乗り越えることができ、そして自分の力を信じることができます。

その後も、私は何度も大きな壁にぶつかることになります。そのたびに、あの言葉を思い出しています。

新しい命

『NINAGAWA火の鳥』に出演後も、『フットルース』『スター誕生』という2作のミュージカルに出演しました。このころ、ミュージカルの合間を縫って、本格的に曲を作るようになっていました。ギターでコードを進行させながら、頭に浮かんだメロディーを乗せていく。音楽という文字通り、音を楽しみながら創作活動をおこなっていました。そんな時間は、枠にとらわれず自由に表現することが許される、音楽の素晴らしさを改めて感じていました。

音楽を通じて共感できる友人も少しずつ増えました。その中のひとりに175R《イナゴライダー》というバンドのボーカルとして活躍していたSHOGOさんがいました。彼とはボイストレーニングの先生が同じで、レッスン場で顔を合わせることも多く、音楽についてたくさん語り合いました。作詞、作曲をこなし、多くの人の共感を呼ぶ楽曲を世に送り出していた彼が、私に新しい音楽の世界を見せてくれました。その才能を尊敬していましたし、それは今も変わりません。やがて友人から恋人へ。いつしか結婚を考えるようになりました。

ミュージカル『スター誕生』の公演中、私のお腹《なか》に新しい命が宿っていることがわかりました。できるだけ仕事に影響を与えたくなかったので、このことは一部のスタッフのみに伝えました。

ミュージカルの終演後、私はすべての仕事をキャンセルし、生まれてくる新しい命との出会いに向けて、胸を躍らせながら準備を進めました。

Eriko's Sayings

つらいこともあるけれど、
空を見上げて笑ってみよう
あせらず　くらべず　あきらめず

雨のちずっと晴れ

２００４年10月18日、朝10時７分。

「生まれましたよ～、元気な男の子です」

助産師さんから告げられたものの、泣き声が聞こえない。なぜ？　大きな不安に襲われました。時間にしてそんなに長くはなかったと思いますが、気が気でありませんでした。しばらくすると、

「おぎゃぁ～、おぎゃ～」

と、か弱くもいとしい泣き声が聞こえてきました。平均より少し大きい、３千４７２グラムの我が子を抱きしめながら喜びで胸がいっぱいになりました。

出産と同時に広がった喜びに満ちた空気に変化が起きたのは、生後3日目のことでした。

この日は「新生児聴覚スクリーニング検査」という、耳の聞こえを調べる検査を受ける日でした。一切の不安を抱くことなく、検査結果を待ち続けること1時間。思いもよらぬ医師からの言葉に頭を殴られたような衝撃を受けました。

「耳が聞こえないかもしれません」

嘘だと思いました。どうして？　なぜ？　聞こえないってどういうことなの？　いろいろな感情が次々と私を襲いました。

息子を抱きしめ、ただただ泣き続けました。

「ごめんね。ごめんね」

その後も涙が止まることはありませんでした。

――神様はどうして歌を歌う私たちのもとに耳の聞こえない子を授けた

のだろう？　神様はいったいどれほど大きな試練を与えるの？――

無限の希望を持ってこの世に生を享《う》けた礼夢
私の隣で穏やかに寝息をたてているその子の足は
人生をたくましく歩もうとしているかのように太くしっかりとし
握れば潰れそうな愛らしい手は
私を優しくあたたかい気持ちにさせてくれる
力強い生命のリズムを聞きながら
私はいったい、いつまで泣きつづけるのだろうか
泣いてばかりいたらこの子が悲しむだけではないか
泣いても何も始まらない
涙は幸せを運んではくれない

涙に暮れたその夜は、数えきれない思いが頭をよぎりました。

いつのまにか、病室の窓から眩しく温かい朝日が差し込みました。

――どれだけ泣いても夜は明ける――

泣き疲れて、そんなことを思いながらその光を眺めました。やがて、私の涙はすべて流し尽くしたかのように止まりました。そして空を見上げ、大きく深呼吸をしながら、息子を抱きしめ誓ったのです。


「どんなときも笑顔でいこう」


雨のち、ずっと晴れ。

私はこの日から、どんなに辛いことや悲しいことがあっても、息子の前で涙を流したことはありません。

「早くわかってよかったね」

紹介された病院で再検査をしたところ、「高度感音性難聴」と診断されました。一緒に病院に来てくれた母は、私の横で声を出して泣いていました。本当は私も泣きたい気持ちでしたが、もう泣かないと息子に誓った以上、泣くわけにはいきません。

これから息子の耳の障がいとどのように向き合えばいいのか。自分でも驚くほど冷静に先生の話を聞いていました。

「少しでも正確で適切な情報が欲しい」

このときの私の欲求が、のちに政治活動の大きな柱となります。

この日からはとにかく、情報収集の日々が始まりました。そのなかで加我《かが》君孝先生（独立行政法人国立病院機構東京医療センター臨床研修センター名誉センター長）という方がこの分野の権威だということを知り、すぐに診察のお願いをしました。受診の予約が取れたのは2か月先のことでした。

診察の当日。あれも聞きたい、これも聞きたい、どんなことを言われるのだろう。いろんなことを考えながら病院に向かったのですが、無意識に不安を感じていたのか、とても緊張していたような気がします。

「早くわかってよかったね」

加我先生のその一言に、すっと何かが軽くなったのを感じました。「よかったね」の意味がすぐにはわかりませんでしたが、大きな希望を与えてくれるこの言葉に救われました。

加我先生は家族の不安を払拭するように耳の構造や、聞こえない・聞こえにくいとはどういうことなのか、また今後の育て方などを丁寧に説明してくださりました。このとき内耳という器官の存在が確認できなかったのですが、まだ体が小さいためにそれ以上精密な検査ができないこともあり、まずは「口話法」の訓練を始めることを勧められました。ご紹介いただいたのは東京都練馬区にある母子通園施設（現・児童発達支援センター）「富士見台　聴こえとことばの教室」でした。

生後6か月。初めて補聴器をつけ、口話法の訓練が始まりました。補聴器は音を大きく増幅して耳に届ける装置。口話法とは相手の口の動きを読み取り、自らも声を発しておこなうコミュニケーションのことです。

自宅でも補聴器の効果を確認するために、マラカス・太鼓・木琴・鈴など数えきれないほどの楽器を購入して、息子の後ろから音を鳴らしたり、耳元で音を奏でたり。息子はいつも楽しそうにニコニコしていました。一番反応が大きかったのが太鼓でした。

教室では先生が息子の顔をのぞき込みながら、大きな声で大げさなくらい口を動かして息子に話しかけます。口話法を習得するための訓練です。

話しかけるときに重要なことは、表情とオーバーリアクション。「うれしい」「かなしい」「おこってる」「たのしい」などの喜怒哀楽を、〝表情に出すこと〟が大切だということを学びました。

耳が聞こえない子どもたちにとって、目で見る情報がすべてなので、私たち聞こえる者よりも、何倍も表情の変化に敏感です。その表情から気持ちを読み取るのです。

理事長先生にこのようなお話を教えてもらいました。

「聞こえない子どもたちは、両親の顔をよく見ています。泣いていたら、自分の耳が聞こえないから泣いているのかなと自分を責めてしまう子もいます。できるだけ、笑顔で育ててくださいね。笑顔で」

――あのとき、「ずっと笑顔でいよう」と誓ったことは、間違いではなかったんだ――

今となってはこの「早期発見」と「早期療育」がどれほど大切なことかわかります。息子の場合は、幸いなことに新生児聴覚スクリーニング検査を受検したことで、生後3日目に「早期発見」ができました。私は自分の無知ゆえに、耳が聞こえない赤ちゃんが生まれることもあるということすら、考えたことがありませんでした。実は約1千人に1人が何らかの聞こえの障がいがあって生まれてくるのです。決して低い確率ではありません。

私も気づかなかったように、聞こえの障がいは見た目ではわかりません。そのため、子どもの障がいに気づかないまま、子育てが始まることも珍しくないそうです。やがて、「言葉の覚えが遅い」とか「呼んでもこっちを向かない」など少しずつ異変を感じて聴覚の障がいが明らかになるそうです。小学校に入学するまで気づかないということもあるそうです。発見が遅れたり、適切な療育ができない場合、言語の発達にも影響があることが指摘されています。

「早期発見」は早期の適切な療育につなげることができます。また、早いうちに適切なアドバイスを受けることで、育児に対するお母さんたちの不安を和らげることができます。

今、新生児聴覚スクリーニング検査の受検率は受検者数を集計している市町村で90・8%。公費助成などを拡充して、希望するすべての人が受検できるようにしたいと思います。

聞こえる子どもたちと過ごした保育園

2歳半になると、保育園に通い始めました。園には聞こえる子どもたちが9割、聞こえない子どもたちが1割程度在籍していました。これまで通っていた教室と連携していることもあり、保育士さんも障がいについての理解があり、安心して通わせることができました。何より、〝息子には聞こえる子たちを含めていろいろな子どもたちと交流してほしい〟という願いがありました。初めて登園した日は私との別れ際に泣いてしまってとても胸が痛かったのですが、心配もつかの間。お迎えのときには、お友達とニコニコ楽しそうに遊んでいる息子を見て安心しました。その後も、息子はいつも楽しそうでした。お友達と一緒に何かをすること、おもちゃを取り合うこと、謝ること、走ること。息子はこれまで経験していなかったことを毎日ひとつずつ、多くのことを学び、経験していきました。

保育園では、聞こえる・聞こえないの区別なく接していただいたことが、とてもありがたかったです。最初は聞こえるお友達が遠くから息子に声を掛けることもありましたが、いつの間にかちゃんと息子に近づき、肩をトントン。振り向く息子に「礼夢くん、おもちゃで遊ぼう」と大きな声でゆっくりと話しかけてくれるようになりました。聞こえるお友達となんの違いもなく笑顔で走りまわっている姿を見ながら、入園させてよかったなと思いました。

1年間の保育園生活でしたが、ここでも大切なことを学ばせていただきました。そのひとつは、〝子どもは子ども同士で学び合う〟ということです。親の心配をよそに、お友達とのふれ合いを通じて確実に成長する息子を頼もしく感じました。また、障がいのある子もない子もともに過ごす環境の大切さを知ることもできました。真っ白で純粋な子どもたちは、お互いの違いなんて気にすることもなく、無邪気にふれ合っていました。

今、私は「障がいの有無にかかわらず、すべての人が互いに尊重する共生社会の実現」を掲げて活動をしていますが、あのときのあの園庭の光景こそが、私が実現したい社会そのものです。

同じ境遇の方々と出会い、勇気をもらう

何もかもが手探りの子育てです。できないことはない！と自分に発破をかけ、常に前向きに考えようとはしてきたものの、不安がまったくなかったわけではありません。

育児本には、子どもは1歳になると、伝い歩きをするのが「平均的」

と書かれています。でも息子は伝い歩きはおろか、ハイハイもままならない状態でした。身体にも問題があるのではないかと考えたり、とにかく不安で仕方ありませんでした。

加我先生の診察を受けるたびに何度も「礼夢は歩けるようになりますか?」と質問したものです。そのたびに先生は「必ず歩けます」と言ってくださりました。「平衡感覚をつかさどる三半規管の発達が遅れているため、2歳ぐらいになるかもしれないが、必ず歩けるようになる」と丁寧に説明してくださりました。

不安のあまり、情報に頼りすぎて頭でっかちになっていました。そればかりに気を取られて、目の前の息子をちゃんと見ているのだろうか。些細《ささい》な、子の成長を見落としてはいないだろうか。

すべての子どもが同じ速度で成長するわけではありません。育児本をそっと閉じて、ゆっくり成長する息子とともに、私もゆっくり見守っていくことを学びました。

──あせらず　くらべず　あきらめず──

その日は突然訪れました。お友達の家に遊びに行っていたときのことです。息子はスッと立ち上がり、トットットッと歩きだしたのです。2、3歩だったと思いますが、このときの感動は今でも忘れません。これを境に息子はどんどん歩きはじめました。とはいっても、一歩進んでは転ぶの繰り返し、文字通り「七転び八起き」でした。それでも諦めずに息子を信じて見守り続けました。このころのふたりの写真は、私が息子の後ろに添え木のようにピッタリとくっついているものばかりです。それは息子が後ろに転んでけがをしないように、いつも寄り添っていたためです。

このようにゆっくりと子どもの成長と向き合うことができたのも、先ほどご紹介した加我先生、そして同じ境遇のお母さんたちと出会えたおかげだと思っています。そんなお母さんたちとのコミュニケーションは、私にとって今でも宝物です。お母さんたちとの交流は、生きた情報の交換の場となりました。同じような喜びや苦しみ、悩みや迷いを経験した仲間といえます。子育てをしているとどうしてもひとりで悩んでしまうことが多くなり、孤独を覚えることすらあります。そんな孤独感を吹き飛ばし、共感し合える力強い存在でした。

何より、どのお母さんも明るく前向きでパワフル。笑顔が素敵なことに驚かされました。もちろん中には我が子の将来が見えないことに不安を覚え、大きな苦悩の渦に飲み込まれそうになっているお母さんもいらっしゃいました。そんなときには、お母さんたちみんなで寄り添いながら、励ましていたこともありました。当時はＳＮＳの利用が活発ではなかったのでリアルな交流が多くありました。しかし、新型コロナウイルス感染症の影響で、対面での交流の機会が減ってしまい、孤独を感じるお母さんも多いと伺っています。現在ではＳＮＳなどさまざまなコミュニケーションツールも開発され、交流の方法は多様化しています。ひとりで悩まず、いろいろな方に相談していただけたらと思います。耳が聞こえない子どもを育てる親御さんや当事者、専門家や関係者などが集うＬＩＮＥのオープンチャットもあり、私もそこで情報交換することがあります。私を救ってくれたお母さんたちの存在があったように、〝恩返し〟の意味でも、障がいのある子を育てるご家族にとって、ひとりの母として少しでも力になれたらいいなと思っています。

Eriko's　Sayings

子育ては叱らずに、
まずはやらせてみる
子どもの意思を尊重する

『24時間テレビ』に出演

「24時間テレビで礼夢君の聴覚障がいのことを公表しませんか」

そのころ、少しずつソロ活動を再開していた私に、所属事務所から連絡が入りました。いただいた内容は、友人の野尻由依ちゃんへ、もう一度SPEEDの歌を届けようということと、息子の聴覚障がいを公表するというものでした。

由依ちゃんは脊髄性筋萎縮症を抱えたSPEEDが大好きな女の子でした。1997年の『24時間テレビ』に出演させていただいたときに出会い、それ以来交流を続けてきた友人です。彼女との出会いはその後の私の人生に大きな影響を与えてくれました。心より感謝しています。

私の著書「ココロノウタ」にも書かせていただきましたが、一度はすぐにお断りしました。息子のプライバシーに関わることを親の判断で公表してもいいのだろうか。家族の未来についてしっかり考える必要もありました。私ひとりの問題ではないということです。

放送日が近づいてきたある日、何かが私の心をノックしました。

――あなたがやるべきこと。あの子はなぜあなたを選んで生まれてきたのか、あなたはひとりでも多くの人に伝えられる立場にいることを忘れないで――と。

これまで出会った同じ境遇のお母さんたちの顔が浮かびました。ひとりで背負いこんでいた自分がどれほど救われてきたことか。同じ思いをしているお母さんたちにメッセージを送るべきではないか。また、障がいのない方たちにもメッセージを送りたい。息子のことを伝え、テレビを通して障がいとは何かを知ってほしい。

この思いをＳＰＥＥＤのメンバーやママ友たち、自分の両親に打ち明けると、みんなが「応援する」と賛同してくれました。

ただ、息子の父親だけはかたくなに首を縦に振りませんでした。彼の意見も間違いではありません。世の中に公表することはとても覚悟がいることで、その覚悟を一生、背負っていかなければなりません。彼はそのことを、誰よりも心配してくれたのだと思います。

出演後の反響は賛否両論ありましたが、たくさんの方から温かいお言葉をいただきました。同じような境遇にいる親御さんからの「勇気づけられた」「ひとりじゃなかった」「ありがとう」といった多くのメッセージに、私も勇気をいただきました。

一方で「私も障がいがあります」と打ち明けてくださった上で、社会の反応が怖くて、自身の障がいを周りの人に伝えられず、苦しんでいるといったメッセージもたくさんいただきました。聴覚障がいに限らず、多くの障がい当事者の方々の心の叫びを知ることになりました。このときにいただいた多くの当事者の方の声に少しでも応えたいと思ったことが、ボランティア活動を始めるきっかけとなりました。

24時間テレビで伝えたメッセージがあります。

「障がいはひとつの個性」

このメッセージを通じて障がいに対する社会の考え方が変わればいいなと思っていましたし、それは今も変わりません。のちに知ることになるのですが、2006年に国連総会は「障害者権利条約」を採択し、そのなかで「社会モデル」という考え方を示していました。障がいは心身機能の障がいだけではなく、社会が生み出す障壁のことであり、それを取り除くことが社会の責務であるという考え方です。日本でもその考え方は２０１１年に改正された障害者基本法で採用されています。社会の流れが大きく変わろうとしていたときでした。

余談ですが、当時の葛藤を思い出しながら執筆している傍らで息子がくつろいでいたので聞いてみました。

「24時間テレビで耳が聞こえないことを公表したことをどう思う？」

どんな答えが返ってくるのか。ほんのわずかの間でしたが、緊張しました。すると、息子が手話で

「うれしいと思う」

と少し照れくさそうに言ってくれました。その答えが聞けて、心から良かったと思っています。

ボランティア活動とSPEEDライブへの招待

『24時間テレビ』出演後、全国各地の特別支援学校や障がい者施設、児童福祉施設などを訪問する活動を始めました。私にできることは「歌」で笑顔を届けることだと思い、右手には息子の手を握り、左手にはギターを抱え全国を飛び回りました。そして、交流を通じて、同じ境遇のお母さんたちと子育ての悩みや不安を共有し、心が少しでも軽くなってくれたらいいなと思いました。

耳が聞こえない子どもたちは、自然と音楽から遠ざかっていく傾向があります。決して強要することなく、この世界には「音」というものがあるんだよ、ということを教えてあげたいと思いました。聞こえないからといって、音楽が存在しないことにするのではなく、ギターやピアノなどに触れて楽器から伝わる振動や温度感を、ダンスを体験し体を動かすことで躍動感や高揚感を感じてもらおうと思いました。初めてギターに触れた聞こえない女の子は目を丸くし、私のことをじっと見つめてきました。歌い終えてからも、ギターに触れた手を離さず、最後はニコニコと笑っていました。

ある特別支援学校では「We can go」という私の楽曲を、みんなでジャンプをしながら歌ったこともありました。サビの部分では手話を交えながら「We can go！」と歌い、躍び跳ね、みんな汗だく（笑）。音楽は耳だけではなく、カラダ全体で、いや心で聴くものだと、私のほうが息子やその子たちから教えてもらった気がします。

以前、手話を習いたての私に、読み取れないほどの速い手話で「私、カラオケが大好きでいつもSPEEDの曲を歌っているの」と興奮気味に伝えてくれたママ友（ろう者）がいました。そのことがこの活動を思いついたきっかけのひとつです。訪れた施設や学校の職員の方にもSPEEDを聴いてくださっている方が多かったこともあり、喜んでいただけたことも嬉しかったです。SPEED冥利に尽きました。

ボランティア活動にはもうひとつ目的がありました。息子に自分とは違う障がいのある子がいることや、さまざまな事情を抱えて生活している子がいることを知ってもらいたかったこと。そしてその子たちとお互いに交流してもらいたかったのです。子どもたちに〝心のバリアフリー〟の体験をしてもらうことで、障がいに対する理解を深め、お互いを尊重できる大人になってほしいという思いがありました。

ちょうどこのころ、SPEEDが再結成し全国ツアーがありました。ツアーで行く先々の地図や資料を見ながら、ボランティア活動ができる場所を調べて先方にアポイントメントを取っていたことを懐かしく思い出します。行程すべてに息子も随行してくれました。また、私がこうした活動をすることに、スタッフだけでなくＳＰＥＥＤのメンバーも理解をしてくれたことが何より嬉しかったです。ある日メンバーに「訪問先の子どもたちをＳＰＥＥＤのライブに招待できないか？」という相談を持ちかけたときも二つ返事で賛成してくれました。そんな３人の温かく優しい気持ちがあったからこそ、ライブへの招待が実現できました。

２０１１年3月11日。東日本大震災。

日本中が恐怖と悲しみに包まれました。突然命を奪われてしまった家族や友人、愛する人。震災後、いてもたってもいられず、息子とともに岩手県、宮城県、福島県内の被災自治体を訪問し、歌や絵本の読み聞かせなどの活動をさせていただきました。

翌年以降も毎年のように訪れている陸前高田市には、ある思い出があります。歌っている私をじっと見つめて聴いている姉妹がいました。歌い終わるとおばあちゃんに手を引かれ私のもとに。

「お母さんに似ているから来ました」

最初はなんのことかわからなかったのですが、話を聞いていくうちに、震災でお母様を亡くされたということがわかりました。そしてそのお母様が私に似ているとのことでした。

妹さんが息子と同級生ということもあり、すぐに意気投合。その子たちの自宅に伺い、一緒にゲームをしたり、ごはんを食べたりしました。

あれから10年。今も変わらず交流は続いています。コロナの影響もあり最近は会えていないのですが、復興の様子を写真で送ってくれたり、高校卒業後の進路の報告をくれたり、今もＬＩＮＥで近況を教えてくれます。月日が流れるのは早いもので、お姉ちゃんは短大卒業を控え、来年から社会人に。あの小さかった礼夢がプロレスラーになってるんだから彼女たちもびっくりしていると思います。落ち着いたら、息子のプロレスの試合も見に来てね。私もまた「ばあば」の手料理食べに行くね！

最近、奇跡のような出会いが立て続けにありました。

「僕、10年前に今井さんが来てくれた○○ろう学校にいました。一緒に歌ったことを今でも覚えています！」と手話で話しかけてくれた高校生の男の子。

「○○という児童養護施設にいたんです！」といって可愛い赤ちゃんを胸に抱いて訪問してくれた女の子。

「これ、震災後に今井さんがプレゼントしてくれたやつです！」と駆け寄ってきたヘッドホンをつけた女の子。

みんな大きくなっていましたが、あのときと変わらない元気な笑顔を見てろう学校で出会った男の子の記憶はすぐに蘇りました。将来に不安があったかもしれない女の子は笑顔あふれる立派なお母さんとなっていました。震災により母校で卒業式をおこなえなかった生徒たちを励まそうと、私のソロ楽曲「なんくるないさぁ」の売り上げの一部で作製した卒業記念のヘッドホンをつけて笑顔で駆け寄ってくれた女の子。

みんなボランティア活動で出会った子たちです。10年も前のことを覚えてくれていたことはもちろん、全員が素敵な笑顔だったことがとても嬉しかったです。

『24時間テレビ』の出演がきっかけで始まった、ギター一本、息子とのふたり旅。こうして、始めたボランティア活動は障がいに関わる活動だけではなく、児童福祉施設訪問や震災復興支援にも広がっていきました。また、国内だけではなくインド・フィリピン・タイ・パラオなど、海外の特別支援学校や児童福祉施設の様子を学びに行くこともありました。これらの活動は政治家になるまで続きました。

多くの方に支えてきてもらった感謝を込めて、少しでも笑顔を届けられるといいなと思ってきましたが、結果的に、私のほうが笑顔と勇気をもらっていました。いつしか礼夢も一緒に手を叩いたり踊ってくれたり。息子は私にとって、〝最強のメンバー〟になっていました。

Eriko's　Sayings

自分を信じる
我が子を信じる
〝信じる〟強さを持ち続けていたい

子育て一「手話」～コミュニケーション～

私と息子の会話はすべて手話。手話という言語を学んで約13年になりました。息子が2歳半のときに「人工内耳」のための手術を受けようと家族で話し合い、それに向けた準備を始めていました。「人工内耳」とは、補聴器の装用効果が不十分である方に対する唯一の聴覚獲得方法。蝸《か》牛《ぎゅう》に電極を接触させ、聴覚を補助する器具です。

聞こえない子どもの9割は、聞こえる両親から生まれてきます。聞こえない子どもに対して、音が聞こえるようになってほしい、自分の声で話せるようになってほしいと親が願うのは不思議なことではありません。私も例外ではありませんでした。人工内耳の手術を積極的に考えていたのもそのためです。加我先生に相談し、人工内耳をつけるためのいろいろな検査を受けました。ところが先生の口から発せられた言葉は思いもよらないものでした。

「礼夢くんの耳は謎です。礼夢くんの耳には内耳と聴神経がありません。今まで私が見たことがない例です。どこで音を感じ取っているのか、あるいは聞いているのか謎なんです」

口話法の教室では、音が聞こえたら前に一歩進むという訓練がありました。このときに息子は、太鼓の音に反応して前へ一歩進んでいたのです。偶然でなく何度おこなっても同じで、息子の耳は確実に聞こえていると思いましたが、診断の結果、人工内耳が適応できない耳の構造であることが判明しました。この〝事実〟は私に新たな問題を突きつけました。それは、息子とのコミュニケーション方法です。徐々に息子の自我も芽生えだし、口話法だけではお互いに意思が伝わらず、普段は穏やかな息子も癇癪《かんしゃく》を起こしたり、叫ぶように泣いたりするようになりました。

まるで「ママはどうしてわかってくれないの？」と訴えているようでした。私も息子が何を伝えたいのかわかってあげられない辛さ、何も応えてあげられないもどかしさに、苦しい日が続きました。

でもひとつだけ息子とのコミュニケーションが取れるものがありました。それは「あむあむ」。何か食べたいという気持ちを表現するときに、口元に指をあてるジェスチャーのようなものです。

私はたくさん悩み、たくさん考え、たくさん息子の姿を見つめました。

私は「手話」という新しい道を歩むことを決めました。

よく考えれば、息子が聞こえないとわかったときに、手話でコミュニケーションを取ることが真っ先に思い浮かび、手話を学ぶためのＤＶＤを買っていたのです。しかし、口話法や人工内耳という音声によるコミュニケーションの存在を知ってから、手話のことを考えていませんでした。息子が手話を覚えられる環境をどのように整えればいいのかもわかりませんでした。改めて、息子にとって一番いい方法を模索しました。多くの人にアドバイスをもらいながら、手話で育てていこうと決めました。

口話法の先生の勧めもあり、多くのろう学校を見学しました。ろう学校では0歳からの乳幼児に対して、「乳幼児教育相談」といわれる相談支援や必要な指導などの取り組みがおこなわれています。とてもありがたい取り組みでした。

2008年4月。息子はろう学校の幼稚部に入学することになりました。「手話」を学ぶのは息子だけではなく、私も手話を習得しなければなりません。私たちの〝手話人生〟が始まりました。ろう学校に入学してからの息子は水を得た魚のように、ものすごいスピードで手話を覚えていきました。今でも息子との初めての会話を覚えています。学校から帰ってきた息子はいきなり私の肩を叩き、OKサインの親指と人さし指を少し離した形の手話を私に見せてきたのです。その形はWとC。「トイレ」でした。

これまでおむつをなかなか外せなかった息子。どうやって伝えていいのかわからずに苦しかっただろうと思うと胸が痛みました。私は無事にトイレを済ませた息子を強く抱きしめました。自分の意思を表現してくれたこと、通じ合えたことがただただ、嬉しかったのです。私は手話を通して初めて息子の〝声〟を聞いた気がしました。手話に出会ったことで初めて息子の〝心〟に触れたような気がしました。

「もっと息子とたくさん話がしたい」

私は自宅近くにある手話サークルに昼夜週2回、通い始めました。

また、自宅のいたるところに「あ」から「ん」までの指文字表や簡単な手話表、物の名前を「字」で覚えてもらうために自作の「物の名前シール」を貼り、ひとつひとつ、毎日、息子と一緒に指で指しながら覚えていきました。これらは決して私だけでできたことではありません。聞こえない子を育てている親は、ろう学校の先生と連携しながら、子育てを学んでいきます。親と子だけでなく、先生たちのご尽力があったからこそだと心から感謝しています。

手話で大変だったことといえば、何かをしながら会話をすることができないことです。例えば、運転をしながら、料理をしながら……など。何をしていても、一回、手を止めなければならず苦労したこともありました。しかし、いいこともあります。手話は手の動きはもちろん、顔の表情や身体の動きから成り立つ言語です。そのため、会話をするときは必ずお互いの顔を見て話してきたので、表情を見れば体調や精神的な状態など、息子のことが手に取るようにわかるようになりました。叱ることはめったにないのですが、自分に都合が悪いことを言われそうなとき、息子は目をそらします。手話を見ないのです。母の小言から逃げることも覚えました（笑）。また、手話にも喜怒哀楽があり、声と同じように強弱があります。興奮しているときや怒っているときの手話は、速くなったり、大きく表現することもあります。

顔と顔をくっつけ合う、目と目を見て話す。まさに息子と〝向き合う〟ことになります。これは手話の魅力のひとつといっていいかもしれません。息子もきっと、私の顔を見れば、私がどんな気持ちなのかわかっていると思います。手話は私と息子にとって、そしてろう者にとって、かけがえのない素敵な言語、コミュニケーションツールです。

「おはよう」から「おやすみ」まで。

今も私たちの一日は手話で始まり、手話で終わります。

そして今でもトイレに行くときは、手話で伝え合う親子になっています（笑）。あのときの喜びをいつも思い出しながら……。

子育て二「四季」～体験～

耳が聞こえない息子にとって、目から入る情報はとても大切です。視覚で言葉とモノをリンクさせていく作業の繰り返しで「ことば」を覚えていくことになります。ただ、それだけでは覚えられないものがあります。それは、感性、情操、情緒といった物理的に表現できない、〝感じるもの〟です。

そう考えた私が大切にしてきたことは、季節を感じて生活することでした。日本にはありがたいことに素晴らしい四季があります。四季とともに移り変わる風景や食、花などがたくさんあります。

春はお花。チューリップを見てチューリップの歌を歌ったり、桜並木でお花見をしたり。桜が散り始めると、また同じ場所に行き、葉桜になった木を眺めて夏への移ろいを感じる。

夏は毎年、海が綺麗《きれい》な沖縄へ。暑さを感じ、海でかき氷を食べて、お祭りに参加する。初めての海で波が勢いよくザブーンと顔にかかり、それ以来、海には入らず、波打ち際で遊ぶようになりました（笑）。

秋はどんぐり拾いや芋掘り。実りの秋といいますが、いろんな狩りをしていたような気がします。大きなどんぐりを拾ってきたときはあまりに嬉しそうだったので、熱湯消毒して部屋に飾りました。家にお友達が遊びにくると、「自分がとってきたんだ」と自慢するような表情を見せるようになりました。

冬になるとクリスマスの飾り付けをします。サンタさんに願い事を嬉しそうに書いていました。お散歩に出かけては「ハァ～っ！」と勢いよく息を吐き出します。白くなる息を見て息子は不思議な表情を見せていました。私の真似をし、白い息を吐き出しては大喜びしていました。

ほかにもできるだけいろいろなことを一緒に体験しようと考えました。それは〝ボランティアふたり旅〟の目的のひとつでもあります。先ほどご紹介させていただいたように、聞こえなくても楽器に触れたり、見たり、リズムに合わせてダンスしたり。直接の音や振動に限らず、身体の内側から感じるものを知ってほしいと思いました。多様な環境のお友達と交流するということも、何か感じるものがあるはずです。聞こえないお友達だけではなく、聞こえるお友達、耳以外の障がいがあるお友達との交流も大切にしてきました。

日本国内だけではなく、海外へのボランティア活動にも一緒に行きました。異なる気候、異なる肌の色、異なる食事、異なる衣服、異なる住居。見たこともない文字。息子が何かを感じるはずだと思いました。印象的だったのはフィリピンのろう学校で私が歌っているときに、息子の横にピッタリと寄り添う男の子がいたことです。手話は世界共通ではありませんが、ふたりには何か通じ合うものがあったのでしょう。仲良く遊んでいました。

これらの経験の影響があったのかどうかはわかりませんが、プロレスラーとなった息子の大きな夢は、世界のリングに上がることだそうです。大きな視野を持てるようになったとしたら、とても嬉しいことです。

見て、触れて、感じる。息子と一緒に、できるだけ多くのことを体験してきました。子が大きくなると、一緒にいる時間が自然と少なくなります。だから、できる限り一緒にいるときは、ともに笑い、ともに楽しむことを大切にしてきました。限られた親子の時間をこれからも大切に過ごしていきたいと思います。

ひとつ、親として気になっているのは好きな子ができたときの〝ドキドキ〟を経験したかどうか。私が見る限り、まだ彼女はいない模様です。恋愛に関する質問をすると、目をそらしながら「今は練習が大事」と言っています。本当かな？

子育て三「進路の選択」～尊重～

日本の高等学校への進学率は98・8％を超えているといわれるなか、息子は中学卒業後、高等学校への進学をしないという決断をしました。在籍していたろう学校の先生からも「本校始まって以来だ」といわれました。進路の決定にあたっては家族会議を何度も重ねました。

息子は一日でも早くプロレスラーになりたいと考えていました。もちろん、プロレスラーになるのは高校を卒業してからでもチャンスはありますし、周りの大人たちは「せめて高校に行ってから目指せばよい」と諭すものです。実際、学校の先生やお友達、おばあちゃんもそうアドバイスしていました。その意味を息子も理解しているようで、本人は頭を悩ませていたようです。

そんな息子が頼もしかったことは、自分なりに情報を集めようとしていたことです。「高校に行きながら道場に通えるかな？」と聞いてきたこともありました。通えないわけではないのですが、息子が通っていたプロレス道場は神奈川県川崎市多摩区に立地しており、今の学校の高等部が終わってから練習に行くと、どうしても時間的に難しい。一日のスケジュールを想定して書いてみると、それでは不満だったようです。

次に聞いてきたことは「川崎市にろう学校はないの？」でした。川崎市のろう学校に通学するためには、原則として川崎市内に引っ越す必要がありました。どうも現実的ではないと思ったようで、この選択肢は消えました。

その次に息子がしたことは、現役のプロレスラーに「高校に行ったほうがいいか？」ということを聞いて回ることでした。プロレスの世界には中卒や高校中退のレスラーはたくさんいましたし、女子プロなどを見ると、現役中学生レスラーもちらほら見受けられました。そんな姿を見て、いち早くデビューしたいという思いもあったのでしょう。とある先輩レスラーの意見は「高校に行っていないので一回行ってみたかったかなぁ」というものでした。また、別の先輩レスラーは「プロテストに応募してすぐ辞めたけど、高校に未練はなかったなぁ」というものでした。さぞ悩ましかったことと思います。

悩みに悩んだ末、息子が出した答えは「進学しない」でした。これだけ一生懸命考えて下した決断です。しっかり尊重しようと思いました。

彼が最後の最後まで悩んでいたのは、これまで一緒だったお友達と会えなくなることでした。彼の人生の中で最大の選択だったと思いますが、一刻も早い夢の実現を願ったようです。

私は息子が幼いころから、「～しないといけない」「～しなさい」という言葉はできるだけ使わないようにしていました。宿題を好き好んでする子どもはあまり多くないと思いますが、私の息子も例外ではありませんでした。「宿題は？」と聞くと目をそらしたり、表情が曇ります。私もすごく気持ちがわかります。そんなときは、「宿題は何時から始めようか？」と聞くと自分で時間を決めて答えます。そしてその時間になると、少しずつですが、何も言わなくても宿題を始めるようになりました。お手伝いのときも同じです。自分の練習着やコスチュームの洗濯も自分でやると決めてからは、私が何も言わなくてもやるようになりました。今は自立に向けて料理も覚えています。自分の好きな食べ物ばかりで偏りがちですが、「まずはそこから！」と見守っています。

私も子どものころを思い出せば、自分の意思を頑固に貫く性格でしたし、私の母もそれを熟知していたようで私の意思を尊重してくれていたように思います。子育ては「待つ」「グッと我慢」そして、「子どもを信じる」。今でも母として修業の日々は続いています。

子育て四「プロレスラー」～諦めないこと～

息子がプロレスに出会ったのはまだ私のお腹にいるときです。そのころ、私は全日本女子プロレスの伊藤薫選手（現・フリー）のファイトスタイルに惚《ほ》れ込み、たびたび試合会場に足を運んでいました。胎教のつもりはなかったのですが、観戦中に息子がお腹を蹴っていた感覚は昨日のことのように覚えています。

息子が9歳くらいのころ、初めて一緒に観戦したときは「怖い！」と言いだしギブアップ。途中からは会場の外で遊んでいました。トラウマになったのか、その後、プロレス観戦に行こうと何度も誘いましたが、断わられていました。ところが小学校高学年のころ、ＹｏｕＴｕｂｅでＷＷＥというアメリカのプロレス団体の試合を観《み》るようになりました。観るだけでは満足できず、突然プロレスのゲームソフトが欲しいと言いだしました。それも海外にしか売っていないものを。ロサンゼルスに行ったときに現地で探し回って、お土産に買って帰ったことを覚えています。なぜ、あれだけ怖がっていたプロレスに興味を持ち始めたのか、それは今もわかりません。

その後、ＷＷＥの日本公演を息子と観戦したときには、すでに前述のトラウマはすっかりなくなり、興奮気味に観戦するようになっていました。「胎教が効いていたのかな」なんて冗談交じりで話していたものです。

中学生になると、息子は野球部に入り練習に励んでいました。そんなある日、私の議員事務所にプロレス団体HEAT－UPの田村和宏代表（現・プロレスリング・ヒートアップ〈株〉代表取締役社長。リングネームTAMURA）がお見えになりました。ダウン症のお姉様がいらっしゃる田村代表は、プロレスで笑顔を届けたいという思いで障がい者支援に取り組まれておりました。団体の活動や将来の展望などをお話してくださり、とても共感しました。面談の最後に、私の息子が最近プロレスに興味を示しているというお話をさせていただいた際、「ぜひ今度、うちの道場に礼夢くんと遊びに来てください」とお誘いいただいたのです。

自宅に戻り、息子にその話をしたところ、「行ってみたい」と目を輝かせていました。HEAT－UPではプロの興行のほかに、キッズ・一般を対象としたプロレスフィットネスクラス（ヒートアップ道場）も運営されており、そのクラスを体験させていただきました。本物のリングの上で、本物の選手たちからロープワークや受け身、プロレス技を学びながら体力づくりをするというメニューなのですが、それを体験した息子はすぐに私のもとに駆け寄ってきて「入会したい！」と言いました。

それからは、部活動終了後に川崎市にある道場まで週3回、片道40分を車で送り迎えする生活が始まりました。野球部とプロレスクラスの両立は体力的にも大変。途中で音を上げるかなと思っていましたが、中学卒業までこの両立を続けました。

本気でプロレスラーになりたいと考えていると知ったのは、進路選択を控えた中学校3年生のときでした。

「礼夢の将来の夢は何？」

「プロレスラーになりたい」

「プロレスラーって本物のプロレスラー?!」と驚き、聞き返す私の手話の速度は、相当速かったと思います。小学生のときに同じ質問をした際には「吉野家の店員さんになりたい」と大好きな牛丼を食べながら言っていましたが……。

私を含め、周囲の大人たちを心配にさせる事情はたくさんありました。すでにご紹介したように息子は三半規管の発達が遅れていることもあり、平衡感覚が鈍く体育が大の苦手でした。力も弱く、走ることも得意なわけではありません。通知表では体育に「△（一番低い評価）」がついたこともあるくらいです。ただ、部活はサボることなく真面目に参加していました。

それに加えて、息子の優しすぎるともいえる性格。友達とのとっくみ合いはもちろん、喧嘩《けんか》をすることもありませんでした。小学生のときはドッジボールチームにいたのですが、「ボールをあてると痛くて可哀想だ」と言って、相手チームの子に対して強く投げることすらできませんでした。また、我が家には「クルクル」というトイプードルがいるのですが、いまだに噛まれることを恐れて抱き上げることすらできません。外出先からの帰宅が遅くなると「早く帰らないとクルクルが寂しがってるよ」というくらい怖がりで優しい息子。そんな息子が、プロレスラーになりたいと。

「本当にプロレスラーになれると思ってるの？」

「体も小さいのに無理でしょ」

「殴られたこともないのに耐えられるの？」

「けがしたらどうするの？」

「耳が聞こえないのに大丈夫？」

心配のあまり周りの方から、いろいろな言葉を掛けていただきましたが、私は息子の意思を何より尊重してあげたかった。そしてその意思がどれほど本気かを、見守ろうとしました。

礼夢自身にもハードルはありました。息子はメガネをかけているのですが、コンタクトスポーツ（激しく接触するスポーツ）であるプロレスの選手は、コンタクトレンズの装用が必須です。息子は夏休みの目標として「コンタクトレンズを自分で目に入れられるようになること」を掲げました。プロレスラーになるためには絶対にクリアしなければならないハードルだからです。一緒に眼科を受診して、コンタクトレンズを目に入れる練習をしましたが、極度の怖がりのため何回やっても入れられません。先生も困ってしまって、「おうちで練習をしてきてね」ということになり、鏡に向かって、何度も何度も練習をしていました。悪戦苦闘している姿を見ても、私は口を挟むことなく見守りました。やっとコンタクトレンズを入れることができ、大喜びしていたのもつかの間、今度は外すのにも大苦戦。コンタクトレンズとの格闘は1週間ほど続きましたが、無事に乗り越えました。

次に越えなければいけないのは、コミュニケーション。選手や道場の方が全員手話ができるわけではありません。そういう場合はどうやって会話をするのか。私は「ホワイトボードを用意してみたら？」とか「スマホのメモ機能を使ってみたら？」などと、息子にアドバイスしました。でもそれらを使いこなして、会話をするのは息子です。しかし、息子はうまく言葉にできません。そんな姿を見て、私は「もっと日本語を勉強しよう」と息子を励ます。そうすると、息子はその日から、一生懸命、日本語の勉強を始めました。すべてはプロレスのために。

こうした息子の行動によって、彼が本気なんだと伝わりました。プロレスの練習の成果が出たのか、あれほど苦手だった体育の授業もみるみる成績が上がり、卒業前には通知表は「◎（一番高い評価）」をいただけるほどに成長したのです。

さまざまなハードルを乗り越え、息子はプロレスラーを目指して中学卒業後、団体の練習生としてその扉を叩くことになりました。

最後に立ちはだかる壁は「プロテスト」。

腕立て伏せ・腹筋・背筋・スクワット・縄跳びの試験をクリアしなければなりません。20回もできなかった腕立て伏せを、試験では150回しなければなりません。中でも一番苦手だったのは縄跳び。来る日も来る日も縄跳びの練習をしました。深夜に及ぶこともありました。

1回目のプロテストは残念ながら不合格となりました。

——神様が与えてくれた試練だから、乗り越えられないはずがない——

息子は必ず乗り越えられる、と信じながら……。


あきらめずに。あきらめずに。苦しくてもあきらめない。次のプロテストに向けて、また来る日も来る日も練習を重ねました。

1か月後の2回目のプロテストに息子は晴れて合格。そして、その後、息子はプロデビューを果たしました。

普通に考えればハンデがあり、不可能と思われる息子の挑戦でしたが、諦めないことで夢をつかみ取ったのだと思います。そして息子を通じて、人間の可能性は無限大だということを改めて感じました。

息子がここまで来られたのも、学校の先生やお友達、プロレス団体の皆さんの応援や支えがあってのことだと心から感謝しています。そして、その中には私や息子の新しいパートナーの存在もありました。

私と礼夢の新しいパートナー

これまで、私に「政治の『せ』」を教えてくださった議員の先生方がたくさんいらっしゃいましたが、彼もそのひとりでした。橋本健さんです。党の地方組織である兵庫県連の青年局で講演をさせていただいたときに、初めてお会いしました。

私は全国比例区で出馬したということもあり、各都道府県に私の選挙活動をサポートしてくださる地方議員がいらっしゃり、兵庫県では彼が私の選挙を担当されていました。兵庫県内で活動するときは、彼が演説場所や移動ルートを決め、スケジュールを作成されていました。一緒に移動することも多く、教育政策や障がい者政策について話すようになりました。息子のろう学校の話などをしていくうちに、障がい者政策にとても興味を持ってくれました。国と地方の役割の違いや、そのほかのさまざまな政策についてなど、多くのことを教えていただきました。

2017年7月、週刊誌に彼との関係が報じられました。

当時、彼が既婚者（離婚調停中）だったこともあり、不倫疑惑と報じられました。彼の離婚が成立する前に軽率な行動を取ってしまったことは、私の未熟さゆえと反省しています。週刊誌にもお話したように、好意を抱いていたことは事実です。誤解を招く行動により、彼の奥様やお子様たちを深く傷つけてしまったことは、人生の中で最も恥じるべきことであります。また、これまで応援してくだった方々の期待を裏切る行動だったと深く反省しています。

紆余《うよ》曲折あり、離婚成立後から彼とお付き合いをはじめて3年がたちます。悩みや迷いがあるとき、精神的に辛いときも私を支え応援してくれています。私だけではなく、息子の夢も応援してくれていて、送迎やトレーニングなどのサポートもしてくれています。

彼は「礼夢と話せるようになりたい」という思いから、手話もすぐに覚えてくれました。私がいなくてもふたりで楽しそうに男同士の話をコソコソ話しているときもあります。

今、私は政治家、息子はプロレスラー、彼は歯科医師。3人がそれぞれの人生を励まし合い、ときには叱咤《しった》してお互いに支え合いながら暮らしています。

今後のことはあせらずにゆっくりと3人で考えていきたいと思っています。

まだまだ続く大きな夢

プロレスラー・今井礼夢の夢はまだまだ続きます。さらに大きなものを目指すようです。まずは、シングルマッチ初勝利。次はチャンピオンベルト。最終的な夢は、小学生のころからの憧れであるＷＷＥのリングに立つことです。ＷＷＥで活躍している日本人選手は現在9名。狭き門であり、これまた奇跡でも起きない限り、そのステージには立てません。しかし、諦める必要はありません。夢叶うまで追い続けてほしい。そして、自分が納得いくような道を歩んでほしいと思います。

私が応援していた伊藤薫選手やその愛弟子であるＳＡＲＲＡＹ《サレイ》選手（ＮＸＴ所属）とは、息子がプロレスラーを志す前から家族のようなお付き合いをさせていただいています。息子が姉のように慕っていたＳＡＲＲＡＹ選手は、今やＷＷＥのリングで活躍するひとりとなりました。彼の中で漠然とイメージされていたアメリカのリングは、今では現実のものと見えているはずです。

夢が叶って単身渡米なんて日が来たら、また私は心配で胸が張り裂けそうになるんでしょうね。それでも、その日が来たら、彼の意思を尊重し送り出したいと思っています。私が沖縄から飛び出したように、日本を飛び出していく日を、今から楽しみにしています。

第三章

SPEEDが私の原点

Eriko's Sayings

夢を叶えるための3か条
「覚悟」「情熱」「行動」

眩しかった東京

１９９６年夏。沖縄アクターズスクールでレッスンを受けていた私は、ヒロ＝島袋寛子、タカちゃん＝上原多香子、ひとえちゃん＝新垣仁絵の４人でデビューが決まり、沖縄から上京することになりました。このとき私は12歳。一番お姉さんのひとえちゃんが15歳、タカちゃんが13歳、ヒロが12歳でした。

沖縄から出たことのない私たちにとって、東京へ行くことはまるでアメリカへ行くかのような大きな出来事でした。ただ、すでに沖縄アクターズスクールの先輩でもある安室奈美恵さん、ＭＡＸさんたちが東京で活躍されていたこともあり、大きな不安はなく、希望で胸を膨らませていました。

初めて見た東京の風景。それはそれは眩しいものでした。行き交う人たちがキラキラと輝いて見え、街全体がイルミネーションのようなきらめきを放ち、活気と希望が満ちあふれていました。

一番初めに驚いたことは、道を歩いていて人とぶつかったこと。沖縄は人口が少なく車社会ということもあり、歩いている人を見かけることも、あまりありません。そんな私が渋谷のスクランブル交差点で見た、多くの人が行き交う光景は衝撃的でした。それまで人とぶつかった経験なんてなかったので、慌てて「すみません！」と謝りましたが、相手の方は何事もなかったかのように過ぎ去っていく。これが都会の当たり前なのかと、幼い私は少し怖さも感じました。

電車にも驚きました。沖縄には当時電車が走っていませんでした。初めて見た電車、それも人がぎゅーぎゅーに乗っている満員電車には唖然《あぜん》としました。さらに地下を走る電車まであるなんて（笑）。テレビなどで見ていた〝うわさの「山手線」〟に初めて4人で乗ったときは、とても緊張しました。毎日が新しい発見ばかりでドキドキが止まらない日々でした。

きわめつけは原宿のクレープ屋さん。どうしても行ってみたくて、上京前から4人で「絶対に行こうね」と約束していました。仕事がお休みのときにマネージャーさんに連れていってもらい、「ここがテレビで見ていた竹下通りだ！　あ、クレープ屋さんだ！」と、気分はすっかり修学旅行でした。そのときにクレープ屋さんの前で4人で撮った写真は、今でも大切な宝物です。

とにかく何もかもが新鮮だった東京で、私たちの寮生活が始まりました。部屋はふたり一部屋で、私とヒロ、タカちゃんとひとえちゃんに分かれて暮らしました。メンバー全員が義務教育中だったので、東京の学校に転校しました。私を含め3人は同じ中学校、小学6年生だったヒロは私たちの学校の近くにある小学校に通いました。ヒロと同じ部屋だった私は、お姉さんぶりを発揮したかったのか、毎朝ヒロを小学校に送ってから自分の学校へ。授業が終わると、学校の前には事務所の車が迎えに来ていて、その車に飛び乗ります。私たちの〝放課後〟は、歌やダンスのレッスン、雑誌の取材、テレビの収録をおこなう毎日でした。当時は民放各局に歌番組があったので、特別に忙しかったのかもしれません。まだ子どもだった私たちは、どの番組でも出演者の方々に可愛がっていただきました。

どんなに忙しくても、仕事の合間を縫って宿題をしなければなりません。いつでも宿題ができるように、常に筆箱とノートを持ち歩いていました。お陰で楽屋のテーブルの上は、いつも消しゴムのカスだらけになっていました。

「楽屋は綺麗に使うこと」

母のようなマネージャーさんに厳しく躾られ、テレビ収録が終わると、勉強した跡を残さないよう綺麗に掃除をしてから、現場を後にしました。

スケジュールはいつも分刻み。朝は7時に起床。朝に弱い私たちが学校に遅刻しないようにと、マネージャーさんが毎朝モーニングコールをしてくれました。沖縄育ちの私たちにとって、冬の東京は地獄のようでした。寒くてベッドから起きられず、学校に行きたくない日もありました。逃げ出したくなったときは、沖縄の黒砂糖をなめながら、家族や沖縄の友人や応援してくださる方々を思い出しました。

「自分に負けないで」と言い聞かせて制服に着替え、沖縄では着ることのないダッフルコートを羽織って、学校に行きました。

よく「大変だったね」と言われるのですが、正直なところ、忙しすぎて当時のことをあまりよく覚えていないのです。この生活を中学生が毎日送っていたのだと思うと、確かに大変だったのかもしれません。

でも「辞めたい」という気持ちになったことは一度もありませんでした。とにかく歌うことが楽しかったし、何より自分たちの好きなことをしていたので「大変なことも4人でキャッキャッと楽しんでいた」という表現が正しいような気がします。


「仕事から帰ったら家に電話をすること」

これが親と決めた約束でした。当時は携帯電話もない時代ですから、同じ部屋に住むヒロと代わる代わる沖縄の実家へ電話をかけていました。どんなに疲れていても、その約束だけは必ず守っていました。やはり母の声を聞くと安心するものです。何度かホームシックにかかったこともあったのですが、そのときは沖縄から母が上京してくれ、いろいろと私の話を聞きながら励ましてくれました。母には本当に感謝しかないです。

今、自分が母になって改めて振り返ると、12歳の娘が親元を離れて生活することが、両親にとってどれほど心配なことだったかよくわかります。お父さん、お母さん、たくさん心配かけてごめんね。

ファミレスと月に一度の〝SPEED会議〟

学校と仕事。このふたつをひたすら繰り返す毎日でしたが、楽しい毎日でもありました。中でも4人にとって楽しみだったのが、ファミリーレストランの「デニーズ」に行くことでした。食の好みが違う4人ですが、ここなら気兼ねなく自分の好きなものを食べられるということで、マネージャーさんによく連れていってもらいました。

「今日は仕事が終わったら、デニーズに行くんです！」

そんなことを、テレビの収録や雑誌の取材でよく言っていたと思います。デニーズに行って、4人でワイワイ話しながら好きなものを食べる。あのひとときは本当に楽しかった。東京の南青山にあるデニーズの前を通ると、今でも懐かしく思います。

そして、もうひとつ。今でもよく覚えているのが、4人で映画『タイタニック』を観に行ったことです。当時、公開と同時に大きな話題になっていたこともあり、マネージャーさんに「観に行きたい」と言っても、「たくさん観に来ている人がいるからダメ」と言われていました。でもどうしても観たくて、マネージャーさんに何回もお願いをして、なんとか連れていってもらいました。

あまり外に出掛ける時間もない中、4人で映画館の座席に並んで、『タイタニック』を興奮して観たことはとても貴重な思い出で、とても印象に残っています。その後、ヒロがレオナルド・ディカプリオさんにハマったりするなど、しばらく私たち４人の中で〝タイタニックブーム〟が続きました。このエピソードはテレビなどでも話していたと思います。

ＳＰＥＥＤはケンカや言い合いをしたことがありません。普通なら４人グループだと、２対２、３対１と、意見が割れることがありそうなものです。でもＳＰＥＥＤの場合は「何か不満があるんじゃないか」「何か言いたいことがたまっているんじゃないか」という雰囲気を、一番年上のひとえちゃんがなんとなく感じ取り、寮に帰ると、〝集合〟の号令をかけます。その号令がかかったら、４人で集まって話し合う。秘密の会議みたいな感じでした。

そのときには、お互いに思っていることを吐き出す。たとえ言いたいことを１００％言えなかったとしても、50％でも言えたら、人ってすっきりしますよね。直接言えないことをほかのメンバーが言ってくれたこともあり、助けられたこともあります。

この〝秘密の会議〟を、だいたい1か月に一回のペースでしていたと思います。だからSPEEDは仲間割れすることがなかったし、ひとりが孤立するということもなかった。本当に仲良くやっていました。これはひとえちゃんが考え出してくれたことで、うまく4人をまとめてくれていたと思います。

そんなひとえちゃんには〝お姉さんの特権〟がありました。それは移動の車の中で聞く音楽と座席です。当時、マネージャーさんが運転する5人乗りのセダンで移動していたのですが、後部座席の真ん中が窮屈なのでいつもジャンケンで座席を決めていました。でも、お姉さんのひとえちゃんはいつも無条件で助手席でした。そして、ひとえちゃんのDJタイムが始まります。ひとえちゃんの音楽の趣味はヒップホップ。私たち3人が邦楽を聞きたいな、と思っても選曲はひとえちゃん。結局、車内には常にヒップホップが流れ、車が揺れるほど4人ノリノリで、「狭い、狭い！」「またヒップホップだよ～」なんて言いながら、仕事の現場へ。
そんな移動時間に青春を感じた、10代の日々でした。

４人がめぐり逢えたのは運命
これからもずっと心は繋がっている

プロ意識が足りない

2作目の「STEADY」をリリースしたころから、あれほど楽しみだった「デニーズ」が少しずつ辛く感じるようになりました。

「なんでエリちゃんだけ、この洋服が入らないの？　プロ意識が足りないんじゃないの？」

とある雑誌の撮影のときに言われたこの言葉を、今でも忘れられません。体質が変わってきたのか、みんなと同じものを食べても私だけ太るようになったのです。あまりに悔しかったので、運動や食事制限など考えられる限りの減量に取り組みました。

お腹にサランラップを巻き、サウナスーツを着てジョギングをしたり、出された食事は8割だけ食べて2割を残すようにしたり。収録や取材現場では、女の子4人ということでケーキやスイーツを差し入れていただくことが多く、見たことがないようなおいしそうなお菓子を目の前に出されると、思わず手が出てしまいそうになりましたが、ひとり我慢！それでもなかなか痩せませんでした。

好きなものを食べることができた「デニーズ」でも、3人がおいしそうにハンバーグやステーキを頬張る横で、私は「きのこ雑炊」と「サラダ」で我慢するように。

こんな生活ですから、お腹がすくのは当然です。夜中にそっと起きては、同居人のヒロに内緒で、こっそりと食パンの耳をかじっていました。パンの耳だけにとどめたのはカロリーを考慮した結果です。今でもパンの耳だけを食べる習慣があるのですが、それは10代の少女の涙ぐましい努力の名残りなのです（笑）。

「プロ意識が足りない」と言われたのは、これだけではありませんでした。帽子やサングラスなどで変装することもなく４人で出かけることもしばしば。マネージャーさんやスタッフさんから「もっとプロ意識を持ちなさい」と口酸っぱく言われました。

作品が１００万枚、２００万枚と売れても、私たちにはそれがすごいことなんだということがわかりませんでした。「トップアイドル」「トップアーティスト」と表現されてもピンとこない４人。ＳＰＥＥＤの存在が世間から大きく注目されるようになっても、４人はこれまでと変わらず「キャッキャ」と戯れていました。私たちは、ただただ大好きな歌を歌って、大好きな踊りを踊る、ごく普通の女の子だったのです。

「あなたのために生きていきたい」

私たちのレコーディングの仕方は、よく周りの方から「珍しいね」と驚かれていました。一般的にはグループの場合でも、歌録《ど》りのブースにはそれぞれのボーカルがひとりずつ入るらしいのですが、私とヒロは一緒にブースに入って、レコーディングをおこなっていました。

ヒロの歌の呼吸とテンションに合わせ、ときにはリードしながら歌っていました。私が歌詞を間違えたり、うまく歌えなくてつまずいても、ヒロはブースから外に出ることなく隣で励ましてくれましたし、その逆もまた同じです。ＯＫが出るまでふたりで待つ。そしてふたりでブースを出る。そんなレコーディング環境が、ＳＰＥＥＤらしい作品を生んでいたのかもしれません。

それまでも数多くのレコーディングをおこなってきましたが、「Ｗｈｉｔｅ Ｌｏｖｅ」という曲は難題でした。ヒロと歌詞を読みながら、頭の上にハテナマークが浮かびます。

『あなたのために生きていきたい』って、どういう意味なんだろうね」

年相応の淡い恋はしていましたが、大人のような恋愛経験のない私たちにとって、「あなたのために生きていきたい」という言葉がどんな気持ちを表現しているのか、まったくわかりませんでした。

「Ｗｈｉｔｅ Ｌｏｖｅ」のレコーディングではこれまでとは違う大人っぽさと切なさを求められ、とても苦労しました。何回もテイクを録り直し、今度こそ大丈夫と思っても、また録り直し。

「歌詞を理解している？　もっと切ない気持ちを込めてほしい」とプロデューサーである伊秩弘将さんからオーダーが入ります。

どうしたらその「切ない気持ち」がわかるのだろう……。私とヒロは、

JASRAC 出 2107461－101

毎晩のように恋愛マンガを読み、たくさんの恋愛ドラマを観ながら、研究を重ねました。キャーキャーとはしゃぎながら、でも真剣に「こういう気持ちなのかな？」なんて、夜遅くまで話し合う様子は「恋愛研究会」さながらでした（笑）。

今SPEEDの歌詞を読むと、ドキッとすることがあります。大人っぽい歌詞をよく10代で歌っていたな、と思う楽曲もあります。

音楽は難しいもので、年を重ねて恋愛経験をすれば上手に歌えるかというと、またそれは違うのです。SPEEDは爽やかさ、明るさ、元気さが魅力のひとつだったので、あまり感情を入れすぎると曲が重くなってしまい、逆にSPEEDらしさを奪ってしまいます。あのころは歌詞の意味が理解できずに歌うのにも苦労しましたが、今思えば、感情が入りすぎることなく、SPEEDらしくカラッと歌えたからこそ、代表曲「White Love」が誕生したのだと思います。

かけがえのないメンバー

「White Love」にはもうひとつのエピソードがあります。ひとえちゃんの「個性の開花」です。

ミュージックビデオの撮影の朝。現場に集まると、ひとえちゃんが登場したのですが、髪型を見てみんなビックリ！　なんとアフロヘアーだったのです。驚いたを通り越して「絶句」。言葉が出ませんでした。

思春期の私たちは、オシャレをしたい願望はあったものの、学校に通っていたため、髪の毛は染められず、ネイルもできずにいました。それがいきなりのアフロヘアーです。

一番お姉さんだったひとえちゃんは、私たちより一足先に中学校を卒業していたのです。卒業したことでこれまで閉じていた扉を一気に開けたひとえちゃん。彼女がＳＰＥＥＤに新しい風と自由を与えてくれました。

マネージャーさんもスタッフさんも困惑していましたが、「ＳＰＥＥＤはこうでなければいけない」という固定観念を破ったひとえちゃんの勇気ある行動が私たちの意識を変えました。それからは、一人ひとりの個性を大切にしていこうという風向きに変わっていきました。

ひとえちゃんはアーティスト気質。絵を描くことが大好きで、ＳＰＥＥＤのサイン色紙は、その絵が挿入されたものに４人がサインを書くというものでした。また、歌やダンスにとどまらず、のちにはヨガの勉強や、ニューヨークに留学して英語と美術を本格的に学び始めるなど、とても行動的な人でした。

また、家庭的な一面もあり、誰かがホームシックになると、ひとえちゃんが沖縄料理を作ってくれました。今でこそ沖縄の食材は簡単に手に入りますが、25年前は違いました。親から食材を送ってもらい、ゴーヤチャンプルーやポーク卵おにぎり、サーターアンダギーや沖縄のぜんざいを作ってくれました。

オーガニック系の食材にハマってからは「身体にいいから」と、私たちに玄米のおにぎりを握ってくれることもありました。そのおにぎりをライブのリハーサルの合間に４人で食べながら、本番に向けて熱く語り合うこともありました。

ひとえちゃんは何をするにも、ＳＰＥＥＤを中心に考えていたと思います。いつまでたっても私たちのお姉さんです。

タカちゃんと初めて出会ったのは、私が小学校４年生のとき。第一印象は身体が細くて、綺麗な子だなとうらやましく思っていました。

ＳＰＥＤ時代のタカちゃんは、あまり自分の意見を言わず、「うん、いいよ」が口癖でした。雑誌の取材やテレビでの収録でも前に出てきて話すことなく、いつもうなずいてほほえんでいました。おとなしいのに、たまに発する言葉はとても愉快で、天然キャラの彼女は私たちのムードメーカーでした。

そんなタカちゃんですが、ソロになってからキャラが１８０度変わりました。「こんなにしゃべれたの？」と思うぐらいよくしゃべる人に(笑)。キャラ変の理由は本人もある取材で答えていましたが、これまでは自分がしゃべらなくてもメンバーの誰かがしゃべってくれるけど、ソロになったら自分がしゃべらなくてはいけないことに気づいたからだそうです。いざ頑張ってしゃべるようになったら、「おしゃべりが開花」したようです。

ひとりでダァ――――としゃべり、素早く違う話題へと移ります。これまでの〝おとなしい〟とは、対極になりました。

それだけではありません。チャキチャキと働き、スタッフさんやダンサーさんの面倒を全部見てくれて、まるでマネージャーさんのような動きをしていることにも驚きました。ついたあだ名は「プチマネージャー」。のんびり屋さんだと思っていたタカちゃんも、今ではお世話好きなしっかり者です。

「人間ってこんなに変われるものなんだね」

タカちゃんに会うと、いつもこの話題で大笑いしています。最近、彼女と一晩中電話で話したときも、タカちゃんがほとんどしゃべっていました（笑）。

私の政治活動に関してもタカちゃんの意見をしっかり伝えてくれます。誰にでも好かれる、とっても魅力的な女性です。愉快で天然な部分は、あのころのままです。

最も付き合いが長いのが一緒にボーカルを担っていたヒロ。

私が小学校2年生で沖縄アクターズスクールに通い始めたとき、すでにジュニアクラスに在籍していたヒロと、初めて出会いました。年下だけど先輩。当時からヒロは歌もダンスもうまくてトップクラス。私はヒロに追いつこうと、必死に頑張りました。年に4回あるスクールの発表会で同じチームになったとき、ようやくヒロに追いついた気持ちになりました。そのとき、ヒロに言われたことは、今でもよく覚えています。

「エリちゃん、ダンス一回間違えたら、一回ビンタね」

そのときは開《あ》いた口が塞がりませんでした。なんて生意気な子でしょうか!!（笑）　そのヒロの怖さにおびえながら、私は必死に練習して発表会に臨みました。このエピソード、ヒロは覚えてるかな？（笑）

長く活動していると、どうしても体調が悪いときもあります。でも私たちは相棒。声を聞くだけでその日のお互いの体調がわかります。私の調子が悪いとき、ヒロはそれを補ってくれるほどのパフォーマンスをしてくれましたし、その逆もまたしかり。お互い何も言わなくてもわかり合える関係が心地よかった。

ヒロはひとつ年下でしたが、それを思わせないぐらいしっかりしています。歌でもそれ以外の仕事でもまじめすぎるというか、適当に手を抜くということができず、納得いくまで自分と向き合うアーティストです。それゆえに、自分を追い込んでしまうこともありました。離れていてもお姉さんぶりたい私は、今でも心配してしまいます。これからはちょっとだけ手を抜いて、ヒロらしい艶っぽい歌声を響かせて、多くの人を魅了してほしいなと思っています。

解散、そしてそれぞれの道へ

「解散したい」

ツインボーカルとして、ルームメイトとして、いつも相棒だったヒロがそこまで考えているとは思いませんでした。

彼女はちょうど中学校を卒業するタイミングでした。このころ、SPEEDの活動にも変化がありました。女優業やソロ活動を始めるメンバーもいて、それぞれが漠然と将来の夢を描こうとしていた時期でもありました。ヒロは自分がこれからどういう道へ進むべきか、一度立ち止まって考えたかったのだと思います。小学校6年生でデビューしてずっと走り続けてきたから、しっかりと自分自身と向き合いたかったのだろう。

大人になってから考えてみると、改めてヒロの気持ちがわかります。

当時の私は、正直、もう少しＳＰＥＥＤを続けたかった。ＳＰＥＥＤという夢の続きをもっと見たかったし、何より、まだまだみんなといたかった。もっともっとヒロと歌いたかった。

そんな気持ちが強かったので私は解散に反対しました。でも、ヒロの強い意志は変わらなかった。一度決めたら揺るがないヒロらしい決断でした。

４人でとことん話し合った結果、「解散」しようという答えを出しました。ＳＰＥＥＤはいつも４人の同意の上で物事を決めてきました。だから解散も４人で決めました。

今思えば、10代という思春期真っただ中に、沖縄から４人だけで夢を追い、親も友達もいない、右も左もわからない街で戦ってきました。好きな歌とダンスに熱中し、ときに笑い、ときに泣いて、食事も遊びもすべての時間を共にしたメンバー。

ＳＰＥＤの活動は約３年半という短い期間でしたが、ヒロ、タカちゃん、ひとえちゃんの４人で、夢に向かってがむしゃらに駆け抜けてきた日々は、私にとってかけがえのないものです。

今はメンバー全員がアラフォーとなり、仕事や結婚・出産など、それぞれの幸せに向かって生きています。４人の絆《きずな》はどこにいても、何をしていても「ずっと同じ空の下で」つながっています。

ヒロ、タカちゃん、ひとえちゃん、これからもよろしくね！

第四章
政治家として目指すこと

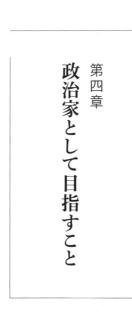

自分のおこないは
すべて自分に返ってくる

議員となって5年半。障がい者に関する施策を中心に女性や子ども、沖縄に関する問題に注力してきました。この章では、これまで私が取り組んできたことやこれから取り組んでいきたいことをご紹介させていただきます。

難聴児支援

難聴児の90%以上は聞こえる親御さんから生まれてきます。そして新生児のおよそ1千人に1人が聞こえに何らかの障がいがあって生まれてきます。また、病気や事故などで中途失聴や難聴になる子もいます。

聞こえの障がいはコミュニケーションの形成や言語発達の面で影響があるといわれていますが、早期発見と早期療育によりその影響を最小限に抑えることができます。しかし、この障がいは外観でわからないために発見が遅れることもめずらしくはありません。そこで、有効なのが「新生児聴覚スクリーニング検査」です。この検査は、生後3日目ごろにおこなう耳の検査です。私の息子もこの検査を受け、聴覚に障がいがあることがわかりました。この検査は任意でおこなわれており、健康保険が適用されないため検査費用は2千円から1万円と医療機関によってばらつきがあります。費用負担があるなどの理由で受検をされないケースも多く報告されています。

現在、「新生児聴覚スクリーニング検査」に関わる国の予算は地方交付税として措置されています。しかし、地方交付税の使途は自治体の裁量に委ねられるため、検査の助成には予算をつけず他の施策に使うことも可能だということです。実際、公費による助成をおこなっている自治体は52・6％にとどまります。

多くの地方議員の方々にもご理解をいただき、検査に対する助成に予算措置されるように働きかけています。今後は、予算規模の拡大はもとより、国庫補助事業としての措置、母子保健法の改正による検査の義務付けなども視野に入れて取り組んでまいります。

自分の子どもに障がいがあるとわかったときの親御さんのショックと悲しみは計り知れないものです。

「これからどうすればよいのか……」

ほとんどの親御さんはなんの知識も持たずに突然、障がい者の親になります。病気や障がいに関する知識はもちろん、どのような療育の方法や行政の支援があるのかわからず、誰に相談すればよいのかもわかりません。親御さんへの早期のメンタルヘルス支援と公平で中立な情報提供、療育機関へつなげるための仕組みが必要になってきます。

聞こえに障がいがある子どもたちの療育方法は、補聴器や人工内耳を用いて音声言語の獲得を目指す方法や、手話言語によるコミュニケーションの習得などいくつかの選択肢があります。すべての情報を平等に親御さんに提供する必要がありますが、これまで私が出会った親御さんからは「人工内耳だけ勧められた」「手話しか選択肢を与えてくれなかった」など偏った情報により選択の余地がなかったという声も聞きました。ほかの選択肢を見つけても時すでに遅しと後悔しないように、親御さんが安心して選択できるように、公平・中立な情報提供がおこなわれるよう取り組んでいます。

またロールモデルとなる、ろう・難聴者との関わりを持つことができる取り組みも非常に重要です。当事者とふれ合うことで親御さんや子どもたちの道しるべとなり、安心感を与えることにつながるからです。

自民党では「難聴対策推進議員連盟（石原伸晃《のぶてる》会長）」を発足させ、

施策の推進を図ってまいりました。宮路拓馬議員や自見はなこ議員（議連事務局長）といった若手の議員のご尽力もあり、２０２０年度予算では「新生児聴覚検査及び聴覚障害児支援の推進」への予算が、対前年度比で約12倍（４千９００万円から６億円）になるなど大きな成果を得ることもできました。また、難聴児の早期支援を促進するため、保健・医療・福祉および教育の相互の垣根をなくし、学齢期まで切れ目のない支援をするための連携を進めていくことにもなりました。

――愛する我が子に障がいがあっても、なんくるないさぁ――

すべての親御さんがそう思える日本をつくりたい。

特別支援教育の充実

政治家になり一番最初に取り組んだことは、障がいのある子どもたちが「学校は楽しい」と思えるように、親御さんが安心して子どもたちを預けられるように、そして先生方の能力が活かされるように、特別支援教育を充実させることでした。

特別支援教育とは障がいのある子どもたちへの教育のことです。令和3年度の全国の特別支援学校は1千160校、在校生は14万6千290人。5種の障がい（視覚、聴覚、知的、肢体不自由、病弱・身体虚弱）で分かれており、ひとりひとりの教育的ニーズを把握し、適切な指導と必要な支援をすることが目的でスタートしました。息子も特別支援教育を受けるため、3歳から聴覚特別支援学校＝ろう学校にお世話になりました。現場の先生たちが一生懸命、児童生徒と向き合う姿や頑張ってくださっていることに、とても感謝をしています。今の息子があるのも先生たちのお陰です。

13年間通った特別支援学校ですが、課題もいくつかありました。

現在の聴覚特別支援学校では約90％で手話による教育がおこなわれています。しかし、必ずしも手話で子どもたちと満足にコミュニケーションを取ることができる先生ばかりではありません。私の経験でも、転任されてきた先生から「手話は上手に使えませんが、どうぞよろしくお願いします」とご挨拶されたことがあります。なかには十分な科目指導ができるまでには至らない先生もおられました。子どもたちは先生の話を理解することが難しく混乱する場面もありました。

先生方のご苦労も大変なものです。休日に手話サークルに通われたり、自腹でＤＶＤを購入して手話の勉強をされるなど、必死で子どもたちと向き合おうと努力されていました。本当に頭が下がる思いです。

なぜこんなことになるのか。それは、制度に問題があると言わざるを得ません。本来、特別支援学校の先生は小学校・中学校・高等学校・幼稚園教諭のいずれかの免許状のほかに、５つの障がい種に応じた特別支援学校教諭免許状を所有することを、教育職員免許法で義務付けられています。しかし、同法の附則第15項に「当分の間」は特別支援学校の免許状はなくてもいいですよという「例外規定」が書かれているのです。その結果、特別支援学校の教員の免許状保有率は２０２０年度時点で84・９％。聴覚や視覚障がいに限ってみると、免許状保有率はそれぞれ60％前後。半数近くは専門外の先生ということになります。

専門的な教員の確保が困難なことから、経過措置として附則を設けることによって、特別支援教育を維持してきたことは理解できます。しかし、この附則第15項が設置されたのは1954年、昭和29年のことです。すでに60年以上が経過しています。通常、法律で「当分の間」という文言は「近い将来にその条文を改正・廃止」することを見据えて使われるのですが、それがされることなく放置されていることは残念であり、看過できません。

近年になり、現役教員に対する通信講座の開設や都道府県による認定講習の実施など、専門性の向上に向けての取り組みが活発になっていることは大きな前進です。これにより特別支援学校全体での専門的な免許状保有率は少しずつ増加しています。

しかし、このような取り組みに加えて、養成機関による専門人材の育成と確保が必要だと考えます。現在のところ聴覚や視覚に関わる免許状を取得できる大学はとても少なく（聴覚は19校・視覚は9校）、例えば北海道・東北地方で聴覚に関わる免許状を取得できる国立大学は宮城教育大学、わずか1校だけです。学生にとって学びたくても学べない環境なのです。段階的・戦略的に、専門人材を大学・大学院や専攻科における教員養成課程で育成すべきだと考えます。

科学技術の発展により、ICT（情報通信技術）を活用した遠隔講義による単位認定も可能な時代です。双方向遠隔メディアシステムを用いて講義をおこなうことで、特別支援学校教諭の5領域の免許状取得が可能となった群馬大学や宇都宮大学の共同教育学部の取り組みは、とても参考になる事例だと思います。

免許状とは別の問題もあります。人事異動です。何度も述べますが、先生方は大変努力をされています。先ほどの「手話が上手ではありませんが」と話された先生も、専門外である聴覚特別支援学校に配置されて困惑するなか、熱心に手話を学び今では満足に指導ができるようになられたようです。しかし、そんな先生も今年で赴任して6年目、来年は必ず異動があるのです。次の赴任校が聴覚特別支援学校になる可能性はとても低いとのことです。ようやく身につけた専門的なスキルを継続して活かすことができない人事異動の仕組みがあるのです。

「教育は人なり」

教育は人によっておこなわれるものです。

人材が不足したら、人材を養成する。それは国の責務です。

もうひとつ、特別支援学校に光があたらないことを象徴する出来事もありました。

特別支援学校では一般の教科書に加え、文科省が作成する特別支援教育のための教科書（文部科学省著作教科用図書）が使われます。

息子もこの教科書を使用していたのですが、ろう学校の先生と雑談していた折りに「内容を変えてほしい」という要望がありました。

調べてみると、長い間改訂されていないことがわかりました。例えば聴覚特別支援学校の中学部の「言語」の教科書は25年にわたり改訂されることなく放置され、「音楽」に至っては35年間、昭和の時代から改訂されていなかったのです。そのため、題材も時代錯誤した内容で構成されており、先生方も使いづらく、困惑されるわけです。これまで、誰も気づかなかったのか、あるいは気づいても放置されていたのかはわかりませんが、速やかな改訂をお願いしました。

このことを受けて、文科省は改訂に踏み切り、今では各種障がいに応じた教科書は新しい教科書に変わりました（一部、現在作成中）。今やＩＣＴによる教育が推進される時代です。今後はデジタル教科書の作成なども促し、時代にふさわしい教育が実現できるように働きかけています。

発達障がいや重複障がいのある子どもが増えている中で、特別支援教育における課題はたくさんあり、そのいずれも待ったなしの課題です。子どもたちにとって義務教育の9年間は巻き戻すことのできない貴重な時間です。その時間を1秒も無駄にすることなく、これからの特別支援教育が今よりも素晴らしいものとなるように、障がいのある子どもたちの未来のために頑張ります。

障がい者雇用

コロナ禍でマスク生活が始まり2年近くがたとうとしています。

そんな中、ユニ・チャーム株式会社が飛沫《ひまつ》防止対策もできる透明マスク「顔がみえマスク」を発売したところ、多くの注文が殺到したそうです。このマスクは聴覚に障がいのある女性従業員が社長に「普通のマスクをしていると口の動きが読み取れないため会話が難しい」とメールを送ったことがきっかけで開発が始まったそうです。彼女の要望で作られたマスクは、多くの方が望んでいる商品だったのです。障がい当事者との〝対話〟によって生まれたマスクは、ヒット商品となりました。

日本の障がい者雇用は「障害者の雇用の促進等に関する法律（障害者雇用促進法）」によって進められてきました。この法律は障がいのある方々の職業の安定を図ることを目的に、障がいの有無にかかわらず、それぞれの希望や能力に応じた職業に就くことで、自立した生活を送ることができる「共生社会の実現」を目指しています。これらを実現するためにさまざまな方策が定められました。

障害者雇用促進法は、事業主に対して全従業員の一定割合以上の障がい者を雇用することを義務付けています。「法定雇用率」と呼ばれるその割合は、国や地方公共団体で2.6％、民間事業主は2.3％と定められています。法定雇用率を満たした民間事業主には「障害者雇用調整金」や「報奨金」が支払われる一方で、未達の場合は「障害者雇用納付金」を納付することで障がい者の雇用促進に参画していただく制度です。残念なことに、その制度の趣旨が適切に伝わらず、事業主の間ではこの納付金制度は「ペナルティ（罰則）」と呼ばれることもあるようです。

２０１８年、障がい者施策に携わる私にとって大変ショックなことが発覚しました。中央省庁をはじめ地方公共団体にまで及ぶ「障がい者雇用水増し問題」です。

中央省庁の8割にあたる行政機関で合わせて3千４６０人の障がい者雇用を水増ししていたのです。その手法は悪質で、すでに亡くなられた方や退職された方、障害者手帳の交付に至らない方を障がい者とカウントし、雇用率の水増しをしていました。率先して障がい者雇用を促進する立場である国の機関がその範を示せなかっただけでなく、水増しによって国民を欺いたことは残念でなりません。その後、法定雇用率を満たしたと発表したことであまり報道もされなくなりましたが、法定雇用率ばかりに注目が集まったこの出来事に違和感を覚えました。

私は、問題の本質は別のところにあると考えます。障がい者の雇用を進めなければいけないという大義のために、ノルマのような数字を設定したことにより、法の理念や目的が見失われてしまっていることです。もちろん障がいのある方の就労の機会の確保は重要ですが、合わせて雇用の質にも目を向ける必要があると考えます。

例えば、「法律があるから、仕方なく障がい者の求人をかけているような会社がほとんど」とか「同じ仕事をしても給料に差がある」という声が届くことがあります。また、最近では大学を卒業する障がい者も多くなりましたが、そこで培った知識やスキルを十分に発揮できる仕事に就けないという声も多く聞きます。

障がいのある方の能力を十分に活かすためには、車椅子の方が働きやすいバリアフリー環境、視覚障がいのある方がパソコンを使いやすくするためのスクリーンリーダーなどの導入、聴覚に障がいのある方との意思疎通のための手話通訳の配置など、障がい特性に応じた配慮ができる職場環境の整備が必要です。そして何より大切なことは「意識の改革」だと思います。どれだけ能力があっても「障がい者」として一くくりにされてしまい、「障がい者だからできないだろう」という先入観がどこか社会に根付いているのだと思います。障がいへの理解を深め、お互いを尊重し、すべての人が能力を活かせる職場環境が求められます。

今年から私の事務所では、聴覚障がいのある方が秘書として働いています。国会議員の秘書としては初めてのことだと思います。ほかの秘書との意思疎通を図るため、音声文字変換アプリや筆談などを活用したり、視覚情報が重要な彼のデスクは、出入り口が見える場所に配置するなどの工夫をしています。時間があるときには、彼がほかの秘書に手話の指導をしています。今では秘書全員が、簡単な挨拶程度の手話ができるようになりました。彼がいることによって、障がい当事者の肌感覚を知ることができます。また、事務所を来訪される障がいのある方々からも、秘書として活躍する彼の姿を見ると嬉しい気持ちになるという声をいただきます。当の本人も笑顔で張り切って仕事に臨んでくれています。彼の存在で事務所の雰囲気もさらに明るくなりました。

障がいはひとつの個性。多様性を認め合う社会において、その個性は職場に新たな価値を生み出してくれるものです。

障がい者と防災

２０１９年９月13日、内閣府大臣政務官を拝命し、担当させていただいた17分野のひとつが「防災」でした。

毎年のように災害が発生する日本。この年も多くの災害が日本列島を襲いました。政務官に就任する４日前には台風15号が千葉市付近に上陸しました。ゴルフ練習場の鉄柱が倒壊したことは記憶に新しいことと思います。災害最中の政務官の交代でした。また10月には台風19号の上陸、台風21号の影響による大雨により１１８名が犠牲となり、翌年７月には九州を襲った熊本豪雨で多くの河川の氾濫が発生し84名が犠牲になるなど甚大な災害となりました。

改めて、犠牲となられた方々に謹んで哀悼の意を表します。

大臣とともに被災自治体の首長からの報告と国に対する要請を受け、「やれることはすべてやる」という安倍晋三内閣総理大臣（当時）の号令のもと災害対応をおこなってまいりました。災害救助法の適用に至らない場合、災害応急対策の一義的な対応は市町村にあります。そのため、自治体間で対応に差が出ることもあります。できるだけ多くの情報を収集し、すべての被災者に適切な避難誘導と避難所の提供ができるように努めました。

災害時、障がいのある方や高齢者など支援を必要とする方はふたつの大きな問題と直面します。この時も例外ではありませんでした。

一つは避難行動です。2011年に発生した東日本大震災の被害調査によると、障がいのある方の死亡率は健常者の約2倍。その要因は障がいのある方たちや高齢者の多くは移動に時間を要したことや、情報が適切に届かず、逃げ遅れてしまったことだといわれています。

このような悲劇を繰り返さないために、避難行動に関わる要支援者を把握し適切な避難行動を誘導できるよう、２０１３年６月の災害対策基本法の一部改正により「避難行動要支援者名簿」の策定の義務付けなどがおこなわれました。今日では99・２％の市区町村で作成が完了しているものの、必ずしも避難支援を要する方すべてを把握できていない場合があることが課題となっています。実際に被災自治体の首長からは、名簿を作成していてもそれを円滑に活用できず、適切な避難行動を促すことができなかったという声もあり、対策の必要性を感じました。

もうひとつは避難所運営です。視覚や聴覚障がいがある場合、避難所で提供される食糧や衣服の配布などの生活情報、余震などに関する避難情報、暮らしの再建に関わる支援など必要な情報が得られないことや、周囲の避難者と意思疎通ができずに孤立してしまうことなどがあります。また、医療的ケアが必要な方や精神障がいがある方など、一般の避難所で過ごすことが困難な方もいます。このような方々への配慮として、一般の避難所に福祉スペースを設置したり、福祉避難所と呼ばれる避難所を開設することになります。しかし、受け入れに関わる基準が明確でなかったり、受け入れ体制などの確保が困難であることなどの理由で、福祉避難所の指定が進まない現状がありました。

これらの課題を解決するために、政務官在任中の2020年6月19日「令和元年台風第19号等を踏まえた高齢者等の避難に関するサブワーキンググループ」を発足しました。以前、熊本で障がい当事者の方々と意見交換させていただいた際に、「〝Nothing about us without us〟私たちのことを私たち抜きで決めないで」という障害者権利条約のスローガンの大切さを再認識したこともあり、このグループには障がい当事者にも参画していただきました。議論を重ねた末、2020

年12月24日に最終とりまとめがおこなわれました。

避難行動については、「避難行動要支援者名簿」に掲載すべき方の漏れを防ぐことが重要です。そのため、福祉専門職やかかりつけ医などの医療職のほか、潜在化・孤立化している方を把握できる地域のキーパーソンとの連携を進めること。また名簿の作成に合わせて、個別計画の策定を自治体の努力義務に位置付けることなどが取りまとめられました。避難所については、福祉避難所ごとに事前に受け入れ者の調整などをおこない、災害の種別に応じて安全が確保されている福祉避難所などへの直接避難を促進すること。また、特別支援学校を福祉避難所として柔軟に活用することなどが取りまとめられました。

最終とりまとめを待つことなく、新内閣発足に伴い任期を終えたことが心残りではありましたが、引き継ぎ後も活発な議論が交わされ、有意義な取りまとめがおこなわれたことを嬉しく思います。これまで議論されたことが、災害時にしっかりと活かせるように引き続き取り組んでいきたいと思います。そして応えられなかった課題にもしっかりと向き合い、これからも当事者目線で訴え続けていきます。

情報保障の確立

「情報保障」とは知る権利の保障のひとつで、身体の障がいなどで情報の取得が困難な方に代替手段を使って情報を提供することです。

私たちは日常生活の中でさまざまな情報のやりとりや、コミュニケーションをおこないます。その多くが文字や音声、映像によっておこなわれますが、障がいによってはそれが困難なことがあります。そのため、障がい特性に応じた情報提供が求められます。

最近では、テレビで災害情報や新型コロナウイルスの関連情報が流れるとき、手話通訳のワイプや字幕が出ることが多くなったと思います。また、首相会見の際に手話通訳の方がいる光景も珍しくなくなりました。情報保障が着実に進んでいることを嬉しく思います。

そのような考え方がなかった時代、情報を得ることができない方たちは大変な不安や恐怖の中で生活をしていました。今年の長崎原爆の日のＮＨＫニュースで「ろうあ被爆者」に関する報道がありました。当時、耳が聞こえなかったために原爆投下の事実を知ることができず、何が起きたかわからないまま地獄絵図のような街を見て恐怖に包まれたという、ろうあ被爆者の体験談が紹介されていました。その後も自身が被爆したという事実を知ることも、被爆者健康手帳の交付を受けることもできず、補償や支援を受けることができなかった方もいます。

このことからもわかるように、日常におけるコミュニケーションはもちろん、災害や事件・事故などの緊急時において、命を守るためにも情報は不可欠です。私たちの生活に密接なものでいえば、災害時の防災無線やサイレン、電車が緊急停車するときの車内アナウンスも、聞こえない人には届きません。文字やその他の代替手段による情報が必要です。情報保障への理解が進んだとはいえ、まだまだ完全なものではありません。

２０２１年5月25日の高知新聞に「視覚障がいのある方に対して新型コロナウイルスワクチン接種案内に点字表記がない資料が届けられた」旨の記事が掲載されました。情報保障が適切におこなわれなかった例です。ワクチン接種に先立って３月の総務委員会で情報保障の徹底を指摘していただけに残念な出来事でした。

法務省の管轄で言えば、刑事事件に障がいのある方が巻き込まれるケースもあります。被害者・被疑者を問わず、検察・警察の取り調べの際に、手話通訳や筆談など当事者にとってもっとも適切な配慮がなされなければ、憲法で保障される人権そのものが侵害されることになります。実際に取り調べに立ち会った手話通訳士に対する調査では、「あまり伝わらなかった」というケースも報告されています。適正な刑事手続きがおこなわれていない可能性もあり、とても恐ろしいことです。

情報保障を考えるとき、知っていただきたいことは、障がいにはグラデーションがあるということです。同じ障がいであったとしても、当事者が求める配慮の方法はさまざまだということです。視覚障がい者の中には点字を必要とする方もいれば、音声や電子データを求める方もいます。聴覚障がい者の中には手話を必要とする方もいれば、字幕など文字による情報を求める方もいます。それらを理解した上で、適切な情報保障を提供できるようにしたいものです。

これからもＩＣＴなどの科学技術の進歩に伴い、情報保障の手段や範囲はどんどん拡大していくことが期待されます。障がいの有無にかかわらず、必要な情報を確実に得られるようにすることは、誰もが安心できる、暮らしやすい社会をつくるためには欠かせないことです。「情報保障」は全省庁で取り組まなければいけない課題。これからも社会の理解がさらに深まるように努めていきます。

手話通訳の人材不足

情報保障に対する理解が深まってきたことにより、手話通訳士の活躍の場はさまざまな領域に広がってきています。障害者差別解消法の施行や全国の自治体で広がる手話言語条例の制定に伴う行政サービス、本年7月より実施された電話リレーサービスや政見放送、行政機関の会見での手話通訳など、手話通訳士などへの期待が高まっていることはとても喜ばしく思います。これら手話通訳の需要が増える一方、手話通訳の人材不足や、高齢化が課題となっています。安定的な手話通訳を確保するためにも対策が必要です。

手話通訳に従事する方は３つに大別されます。

①厚生労働省の認定資格という唯一の公的資格で、裁判や政見放送での通訳をおこなうことができる「手話通訳士」。

②手話通訳者全国統一試験合格後、都道府県の独自審査に合格し、認定を受けた「手話通訳者」。

③市町村が実施する手話奉仕員養成講座を修了し、地域で活動される「手話奉仕員」。

手話通訳士試験は１９８９年に始まり、これまで32回おこなわれています（昨年はコロナで中止となりました）。手話通訳士は３千８３１人（２０２１年８月31日現在）います。平均年齢は約56歳。この資格を得るための試験はとても難しく、合格率は10％前後であるといわれています。

聴力障害者情報文化センターがとりまとめた「手話通訳士実態調査報告書」によると、２００９年から２０１９年の年齢構成割合の推移は、20代から40代で激減、60代以後が大きく増加しています。40歳未満の割合は全体の6.9％、50歳以上の割合が74・１％を占めています。これは、10年間の間に20代や30代の若い人材を輩出していないことを意味し、このペースで推移すると、２０２９年には60歳以上の方がそのほとんどを占めることとなり、人材が枯渇してしまうことが容易に想像できます。

また、地域による偏在も深刻です。各都道府県別手話通訳士ひとりあたりの人口は、東京都が１万６千２００人に対して佐賀県では10万１千１人と6.2倍もの開きがあります。２０２０年度は新型コロナウイルス感染症の影響で試験がおこなわれなかったこともあり、現状維持も困難な状況となっています。

手話通訳士を活かした職業への就労は37・6％にとどまっており、その理由として、「手話通訳を職業とすることは考えていない」と回答した人が29・6％、「就労したいが給与が安く、それでは生活できない」と回答した人が14・6％に上ります。現在、手話通訳士の平均給与は月額約17万9千円。唯一の公的資格保有者である手話通訳士ですらこの状況ですから、処遇改善なくして手話通訳の人材不足の解消は困難です。

こうした背景には、多くの福祉職がボランティアに委ねられてきたことが挙げられます。手話通訳業務も例外ではありません。そのため勤務形態や報酬などの処遇もボランティアベースで設定されてきたのです。結果として、その担い手はろう者の家族や、主婦をはじめ専業の仕事を持たない方々に委ねられてきました。

安定供給のために、若い世代の方々が手話通訳士などになりたいと思えるような、魅力ある職業として選択してもらえるような施策が必要です。

今後は、手話通訳の技術と知識に応じた処遇や、就労の場が確保されることが、若い人材の輩出・人材不足の解消には必要だと考えます。

また、増大する需要は数だけではなく質に対するものでもあります。例えば手話通訳に関する国家資格の創設など体系的な資格制度の確立により、質の高い人材を養成することが必要です。それにより社会的地位が確立すれば、若者から一層関心が寄せられることも期待できます。国家資格化については、高等教育機関における専門教育の要否、資格内容や業務内容といった制度の検討など課題は多くありますが、質の担保と人材不足の解消のためにも、前向きに検討すべきだと考えます。

時代は変わりました。〝手話通訳はプロフェッショナルである〟と社会全体で認識を改めるとともに、若者が職業として手話通訳士を選択したいと思えるような取り組みをしていきたいです。

障がいに関わる新法ー～医療的ケア児支援法～

２０２1年6月11日、「医療的ケア児およびその家族に対する支援に関する法律（医療的ケア児支援法）」が参議院本会議にて全会一致で可決成立しました。超党派の国会議員らでつくる「永田町子ども未来会議」のチームで提出した議員立法による法律です。私もその一員として関わらせていただき、約5年にわたる議論を経て成立した法律です。

医療的ケア児とは、病気や障がいにより日常的に医療的なケア（気管切開部の管理、人工呼吸器の管理、たんの吸引、在宅酸素療法、経管栄養など）を必要とする児童のことです（18歳以上の高校生も含む）。現在約2万人いる医療的ケア児。歩ける子どもから、重症心身障がいのある児童までその程度はさまざまであり、医療の進歩に伴い総数は年々増加していています。その一方で支援が追いついていない現状がありました。

2016年に改正された児童福祉法において、医療的ケア児に関する事項が初めて規定されました。しかし、自治体の取り組みに差が生じるなど、必ずしも十分な支援がおこなわれているとはいえない状況がありました。児童福祉法のほかに医療的ケア児に関する規定のある法律はなく、支援が必要な子どもたちが存在しているのにもかかわらず制度の谷間で苦しんでいる方が多くいらっしゃいました。どこに住んでいても、当事者やご家族が安心して必要な支援を受けられる環境が必要です。

大きな課題のひとつは保育・教育における困難です。多くの保育園や幼稚園、そして学校では看護師が配置されていないために、医療的ケア児の受け入れができないのです。厳密にいえば、研修を受けて都道府県に認定特定行為業務従事者として登録された教員は医療的ケアの一部を実施することは可能ですが、多くの教育委員会は積極的ではなく、地域の学校での受け入れが実現しないことが多くありました。そのため、看護師が配置されている特別支援学校や訪問教育しか選択肢がありませんでした。

また、障がい児の入所施設などでも、医療的ケアに対応できる看護師が少ないことや、制度や経営の問題から受け入れが難しく、サービスを受けられない状況でした。そのため、24時間３６５日、つきっきりでケアをおこなうため、仕事を諦めざる得ない親御さんが多くいました。愛する我が子のためですから、親御さんたちはすべての時間をささげるのですが、その物理的・精神的負担は計り知れないものがあります。

これらの課題を解決するために、医療的ケア児支援法は、住んでいる場所にかかわらず適切な支援を受けられることを基本理念とし、国や自治体による支援を責務として明記し、必要な対応を求めています。そして保護者の付き添いがなくても、たんの吸引といったケアができる看護師などを学校などに配置をすることや、家族からの相談窓口となる支援センターの設置など、医療的ケア児をとりまく環境の改善を目指しています。

法律を作ることがゴールではなく、ここからがスタートです。実効性のある支援ができるようにこの法律の行方を見守っていきたいと思います。

医療的ケアを必要とする子どもたちやご家族に笑顔の花が咲きますように。

障がいに関わる新法二〜読書バリアフリー法〜

2019年6月21日、提案議員のひとりとして関わった「視覚障害者等の読書環境の整備の推進に関する法律（読書バリアフリー法）」が議員立法によって成立しました。読書は教養や娯楽、教育や就労を支える活動であり、障がいの有無にかかわらずすべての方が読書ができる環境を整備していくことが大切です。

視覚や肢体など身体に障がいがある方や学習障がいがある方などにとって、読書活動は困難を極めます。書籍の紙面に感動的な文章や美しい絵が表現されていても、目が不自由な方たちにとってそれは一枚の紙にすぎず、著者の思いも届きません。

なかには、それぞれの障がい特性に応じた工夫がされた本もあります。指で触って読む点字図書や本の内容を音声で聞ける録音図書や、パソコン・タブレット・スマートフォンを用いることで、利用する方の見え方にあわせて文字の大きさや背景の色を変えたり、音声読み上げが可能となる電子書籍などもあります。

しかし実態として、このような点字図書や録音図書などはいまだ少なく、図書館におけるサポートや、製作支援なども十分ではありません。点字や録音などの図書の多くは全国のボランティアの方が作成しています。点字の本を作成するには半年以上かかることもあります。そのため、読みたい本があっても、すぐに読むことができません。書籍にアクセスできることは情報保障と同じく知る権利のひとつでありとても重要なことです。

この法律では、公立図書館などと並んで学校図書館でも、視覚障がい者などが利用しやすいメディア（点字図書・拡大図書・電子書籍など）の充実と、円滑な利用のための支援がおこなわれるよう、国や自治体が必要な施策を講ずるものとしています。また、これらの書籍の製作や図書館サービス人材の育成などを推進していくこととなります。

これまで障がいがあることで読書を諦めていた方をはじめ、すべての方が本を自由に読むことができ、豊かな心を育むことができる社会を目指してまいります。

障がいに関わる新法三～電話リレーサービス法～

２０２０年6月5日、「聴覚障害者等による電話の利用の円滑化に関する法律（電話リレーサービス法）」が成立しました。電話リレーサービスとは「聞こえない人や発話が困難な人と、聞こえる人を通訳オペレーターが手話や文字を音声に通訳し、リアルタイムに電話でつなぐサービス」のことです。

これまで聞こえない人は電話を使うことはできませんでした。これにより多くの困難が生じていました。インターネットサービスの普及により電話を使う機会が減ってきたとはいえ、病院やホテルの予約、キャッシュカードの紛失時など電話を利用する機会は意外と多くあります。

公益財団法人日本財団ではこの状況を通信のバリアフリーの課題とし、2013年よりテレビ電話を用いて手話通訳や文字チャットを介して電話の発着信が可能となるサービス、いわゆる「電話リレーサービス」の制度化を目指してモデルプロジェクトを実施してきました。

そして法律の成立を経て、2021年7月1日から24時間365日利用できる公共インフラとしての電話リレーサービスがスタートしました。モデルプロジェクトでは利用できなかった119などの緊急通報も可能となり、また障害者手帳の有無に関わらず利用できるようになりました。電話リレーサービスの開始により、聴覚障がいのある方が自由に電話を使えるようになったことに大きな期待を寄せるとともに、いくつかの課題もあります。

例えば、金融機関などへの電話による問い合わせの際に必要となる「本人確認」です。通訳者を介しての電話になるので、直接本人確認ができるわけではありません。この点について決算委員会で質疑したところ、金融サービス機関に対して対策を講じるように働きかけをおこなっていただくことになりました。

次に、本サービスの実施に不可欠な手話通訳などの担い手の確保です。電話を利用する目的は、利用者のニーズに応じて非常に幅広いものとなります。より正確に伝達する必要があるため、高度で専門的なスキルが要求されます。また、プライバシーに関わる情報を扱うためコンプライアンスの遵守が求められます。24時間３６５日対応ということもあり、相当数の人材が必要となります。通訳の担い手となる人材の育成と確保が今後の大きな課題のひとつとなります。

もうひとつ重要なことはこの制度の存在を知ってもらうことです。電話リレーサービスにより発信された電話を受けるのは皆さんです。知らない電話番号からの着信となるうえ、電話に応じると「こちらは電話リレーサービスです。○○様からの電話を通訳させていただいています」というメッセージから会話がスタートします。この制度を知らなければ、不審に思い電話を切ってしまうことも考えられます。そのためにまずは電話リレーサービスを「知っていただくこと」。そして「理解していただくこと」を進めなければならないと思います。

また、聞こえない方々の中にもまだ制度を知らない方もいます。聞こえない方が集うさまざまなコミュニティはもちろん、特別支援学校などでも子どもたちにこの制度の存在と活用方法を指導していただけるようお願いしているところです。

この制度の実施にあたっては、電話を利用するすべての方に1番号あたり年間7円のご負担をしていただいています。すべての方が平等に通信の恩恵を受けるために、その費用も平等にご負担いただくことでこの制度が成立しています。もちろん、双方向のサービスですから皆さんから聞こえない方に電話をかけることも可能です。ぜひ、この制度の存在を知っていただき、ご活用いただきたいと思います。

過去は過去、今は今
今、この瞬間が未来をつくっている

急増するDV、性犯罪・性暴力

私はこれまでの人生の中で、自らの性別を特に意識したことがありませんでした。12歳から飛び込んだ芸能界は、性別にかかわらず結果がすべての世界だったからかもしれません。しかし、政務官を拝命し「男女共同参画」を担当したことがきっかけで、生きづらさや困難を抱える女性や若者、子どもたちと向き合うことになりました。彼女たちの体験などを聞きながら、胸が張り裂けそうになりました。また新型コロナウイルス感染拡大は、さらに彼女たちを苦しめることになりました。同じ女性として、母親として、不安な気持ちに寄り添いながら政策を進めていこうと誓いました。

DVや性暴力などの問題と向き合うと、目を背けたくなるような事案がたくさんありました。これらは被害者の尊厳を著しく傷つける人権侵害であり、許されないものです。

手元に積み上がる資料に目を通すものの、現場の温度感を知りたく、いくつもの支援団体や相談センター、被害者の方々が一時的に避難するシェルター施設などに足を運び、現場の声を聞こうと思いました。プライバシーの問題があるため個人や場所が特定される情報は伏せられましたが、個別の事案の概要を知ることになり、事態の改善に一刻の猶予も許されないことを思い知りました。

相談員の皆さんは専門性が高く、丁寧に相談を受けている姿に感銘を受けました。一方で被害者に寄り添う相談員や支援員の皆さんは多忙を極めており、人材育成や相談後の体制をしっかりと整える必要があるなど、課題も浮き彫りになりました。

これまで内閣府がまとめた2020年度のDVの相談件数の速報値は、19万30件で過去最多となりました。2019年度の11万9千276件から1.6倍と急増しています。新型コロナウイルス感染拡大に伴う生活不安やストレス、外出自粛で家庭での生活時間が長くなることが要因になっており、国際的にもDVの急増について警鐘が鳴らされています。これまで仕事で出勤していた配偶者が在宅勤務となり、一緒にいる時間が長くなると、急激な環境の変化により夫婦間でトラブルが起きることがあります。それがエスカレートし、暴力につながるケースも報告されています。ところが、一つ屋根の下で生活しているために被害者の逃げ場がないこと。子どもがいるため、逃げたくても逃げられないこと。また近くに加害者がいることで公的機関に相談するチャンスが失われること。さまざまな課題がありました。さらにエスカレートすると暴力の矛先が子どもに向き、児童虐待事案につながることもあります。電話をかけ慣れていない若者が増加している事情や、精神的に落ち込みやすくなる夜間にも対応できる相談体制を整備することが急務でした。

政務官として、これまで開設されていたDV相談ナビダイヤル「#8008（ハレレバ）」に加えて、迅速に適切な対応が受けられる「DV相談プラス」を開設しました。24時間対応の電話やメール相談、SNS相談、外国語対応などの多様な相談方法を提供することができました。

SNSなど身近なツールで相談ができることの効果は大きかったようで、DV相談プラスに寄せられた相談件数は、2020年4月20日から2021年3月31日までの346日間で、電話相談が3万5千819件、メール相談が7千729件、SNS相談が9千149件となりました。これまで声を拾うことができなった若年層からの相談が増えたこと、聴覚に障がいのある方からも相談があることを相談員の方からお聞きしました。文字の対話により相談が可能となったことで、これまで電話で対応できなかった方々への相談もできるようになったということです。

性犯罪・性暴力については政務官任任時の2022年度までの3年間を「性犯罪・性暴力対策の集中強化期間」として取り組みを強化することになりました。

それに伴い、2020年6月30日には「性犯罪・性暴力対策の強化の方針」を取りまとめ、内閣府・法務省・警察庁・総務省・文部科学省・厚生労働省など関係する省庁で横断的な取り組みを進めることになりました。

なお、内閣府による若年層における性犯罪・性暴力に関する調査報告によると、報告事例268件のうち被害者に障がいがあると思われる事例が70件ありました。障がい児者に対する性暴力は、被害者が被害に遭われていることを認知できない場合や、認識しても助けを求めることができないことがあり、これらは氷山の一角だと思われます。

また加害者が地位的優位性を利用した犯罪もあります。諸外国では性犯罪の処罰規定で障がい者が被害者の場合、罪が加重される国がありま す。例えばフランスの場合、強姦罪は15年以下の拘禁刑ですが、被害者が「身体障がいや精神的な欠陥によって著しく脆弱な状態」の場合は、20年の拘禁刑となると規定されています。英国では「精神障がいが原因で拒絶できない者と性的活動をおこなう罪」というものがあります。これら海外での法制度も参考にしながら、障がい児者はもちろん、引き続きすべての人の人権を守れる法体系のあり方を検討していきたいと思います。

また、適正な司法手続がおこなわれるためにも正確に事情を聞き取ることができるように、障がいの特性に応じた配慮がおこなわれることが求められます。その取り組みのひとつとして2021年4月、検察・警察・専門機関が連携し、一括して被害状況を聞き取ることを可能とする「代表者聴取」の試行が開始されました。引き続き、障がいに関する知識を備えた捜査員の育成や、法律の知識を有する手話通訳士・者の育成など、障がい者への配慮が徹底されるための取り組みが必要です。

誰にも打ち明けられない、声にできない声があります。

打ち明けること、逃げることは、決して恥ずかしいことではありません。

うまく話せなくてもいいです。小さなことでもいいです。

ひとりで悩まずに相談してください。

生きづらさを抱える女性や若者、そして子どもたち

コロナ禍で有名人が次々と自ら命を断ちました。残された家族やファンの方々の気持ちを思うと苦しくてなりません。実はこのコロナ禍で有名人のみならず、多くの女性や若者、子どもたちの自殺が増えています。参議院自民党でもこの問題を重大視し、自殺対策の専門家を交えて議論を重ねています。

「死にたいと思う子どもは少ないが、もう〝生きたくない〟と思う子どもが多い」

専門家の発言に、私はハッとしました。

「政治は希望」

私が選挙で何度も伝えた言葉です。

若者や子どもたちは未来に希望が見いだせていないのではないか。私たちは若者や子どもたちのＳＯＳの声に耳をすましているだろうか。

このままの日本ではいけない。

２０２０年における総自殺者数は2万1千81人。男性の自殺者は前年の２０１９年より23人減少して1万4千55人になりましたが、逆に女性は２０１９年と比較すると９３５人増え、7千26人となりました。これは2年ぶりの増加となっています。また、若年層においては、小学生が14人、中学生が１４６人、高校生が３３９人となっており、合計は４９９人に上ります。これは１９７８年の統計開始以来、最多となった１９８６年の４０１人を大幅に超えるという結果となってしまいました。

ずいぶん以前のことですが、私の身近にいた子も自ら命を絶ちました。

大きな驚きと悲しみに襲われました。息子と年の近い子が、それほどまでの苦しみを抱えていたのだと思うと、胸が張り裂ける思いでした。ギターが好きな子で、私が使用していたギターをプレゼントすると、笑顔で弾いていた様子が昨日のことのように思い出されます。

専門家によると、「生きたくない」と思ってしまう背景には学校や職場でのいじめ、親の虐待や貧困、人間関係のもつれなどさまざまなものがあり、また有名人の自殺による影響と思われるものもあるなど、その要因は複合的に絡み合っています。国はさまざまな相談窓口などを設置し、関係する省庁やＮＰＯなどと連携を取りながら対策を進めています。また自民党では若手議員を中心に「孤独対策勉強会」を立ち上げ、内閣も「孤独・孤立」対策担当大臣を設置し、対策を強化しています。

どんなに対策をしても、ひとつでも失われる命がある限り、悲しみはなくなりません。

大家族から核家族へ、核家族から単身へ。「個」が尊重される一方で、望まない「孤独」も増えています。今こそ、人と人とのつながりが求められているのかもしれません。「生きたくない」と思う一歩手前で誰かが気づいてあげられるような、社会全体で支え合える、日本らしい〝おせっかい〟で温もりのある社会をつくりたい。

女性視点の防災・災害対策

先にも触れましたが、政務官を拝命した1年は多くの被災地を訪問し、被災された女性の方々からさまざまな要望を聞かせていただきました。

避難所では、プライバシーをどのように確保するかという問題や救援物資の中に女性が必要としている物資が不足しているという問題がありました。

避難所運営と物資の備蓄は地方自治体が担っています。国は自治体の取り組みのためのガイドラインとして、内閣府のふたつの異なる部局が「避難所運営ガイドライン（内閣府防災担当）」「災害対応力を強化する女性の視点～男女共同参画の視点からの防災・復興ガイドライン～（男女共同参画局）」を作成していました。しかし、必ずしも被災自治体でその両方が活かされているといえる状況ではありませんでした。私は両部局を担当していたこともあり、男女局が作成したガイドラインを片手に被災地で配り歩いたものです。

国がダイレクトにおこなうことができる救援活動に「プッシュ型支援」というものがあります。発災直後から被災自治体の要請を待たずに救援物資を届ける制度なのですが、そこに女性視点が欠けている印象を受けました。乳児を抱えるお母さんはミルクひとつ作るのも困難となります。

そこで液体ミルクをプッシュ型支援の品目に追加したり、使い捨て哺乳瓶や保湿剤（化粧水）といったものなども追加しました。

これからも防災・災害対策にしっかりと「女性視点」を入れ、現場のニーズに合った支援や女性や子どもたちが安心できる避難場所の環境づくりなどができるようにがんばりたいと思います。

沖縄を想う

「首里城焼失」


２０１９年10月31日、早朝の東京でテレビに映し出された首里城を見て、驚きとショックで時間が止まったようでした。

炎に包まれた首里城を見て、何かの間違いであってほしいと願いながら飛行機に飛び乗りました。夕刻、消失した首里城を前に立ちすくんでいました。防災担当の政務官であったこともあり、すぐに内閣府の担当者と連絡を取り、早期復元と原因究明について話し合いました。沖縄県民にとって心のよりどころであり、シンボルでもある首里城の復元は、今後の沖縄の行く末を占う上でも、とても重要な気がしました。国も早い段階で復元までの工程を示し、予算をつけることを約束しました。

今、多くの方々のお支えによって首里城の復元が進んでいます。復元された首里城が、これから発展する沖縄の未来の象徴になってくれることを願っています。

来年は本土復帰から50年を迎えます。そして、本土復帰後から続いている沖縄振興特別措置法（２００2年までは沖縄振興開発特別措置法）も期限を迎えます。これからの沖縄の未来を考える大きな節目の年です。

1983年。私は沖縄県那覇市に生まれ育ちました。国際通りや第一牧志公設市場、そして首里城など多くの観光スポットがあるにぎわいのある街です。父が大分県出身ということもあり、方言で話すことはほとんどありませんでした。宮古島市出身のおじい、おばあは方言を話していましたが、何を言っているのか理解できず母親が通訳してくれたことを覚えています。私が方言を話せないのは12歳で上京したからだと思っていましたが、それだけではなかったようです。

戦後「標準語励行運動」が実施されたことで、母も含め若い世代はほとんど方言を話せないそうです。沖縄訛《なま》りも東京で生活していく中で少なくなりました。どこか自分が「ウチナーンチュ（沖縄の人）」でなくなったような、そんな寂しい思いになることもあります。

しかし、三線の音色や力強いエイサーの太鼓を聞くと、安堵感に包まれます。そんなとき、「やっぱり私はウチナーンチュだなぁ」と、自分のルーツが沖縄にあることを嬉しく実感します。そして無性に沖縄のぜんざいと沖縄そば、ゴーヤチャンプルーを食べたくなります。

沖縄の人は温かく、誰に対しても優しい。「いちゃりばちょーでー」という沖縄の言葉があるように、一度会えば皆兄弟。一期一会のような意味があり、人と人とのつながりを大切にする沖縄の文化があります。

そして、もうひとつ。沖縄には「命《ぬち》どぅ宝」という言葉があります。

――命こそ宝。命より大切なものはない――

沖縄の人たちは誰よりも命の尊さを知っています。

1945年、私の故郷沖縄では日本唯一の地上戦がおこなわれました。この沖縄戦で日米両軍と民間人を合わせて約20万人の方が亡くなられました。県民の4人に1人が亡くなったあの悲惨な戦争は、その後も大きな爪痕を残すことになりました。

１９７２年５月15日に本土復帰するまで、27年の長きにわたり米政府統治下におかれていました。本土との往来にはパスポートが必要でした。銀行員だった母はドル紙幣を数える日常だったといいます。私が生まれるほんの５年前まで道路は右側通行だったそうです。法律・文化・生活はアメリカ。しかし、アメリカ本国のような豊かな生活があったわけではありませんでした。

そのころ、本土は戦後復興を果たし、その後も、オリンピック景気を始め、急激な経済成長を遂げました。１９７２年に本土復帰するまでの間に、本土との格差はとても大きく開くことになりました。

本土復帰後、国は本土との格差を埋めるために、10年ごとに沖縄振興開発計画を作成し、本土並みの社会資本や生活環境の整備を進めてきました。３次30年の開発計画では「本土との格差是正」「自立的発展の基礎条件の整備」に取り組み、一定の成果が上がったものの、まだ本土並みとはいきませんでした。続く20年は沖縄振興計画と名称を変え、残る課題解決への取り組みが進められました。この中では引き続き「自立的発展の基礎条件の整備」に取り組むことに加え、「民間主導の自立型経済の構築」などを掲げて施策が進められてきました。その振興計画の根拠となる沖縄振興特別措置法の期限は２０２１年度末です。これまでの振興計画の効果を検証し、沖縄が今も抱える問題をもう一度見つめ直す必要があります。

今、沖縄で大きな問題となっているのが「子どもの貧困」です。２０１９年に沖縄県がおこなった第10回県民意識調査によると、県が重点的に取り組むべき施策として「米軍基地問題の解決促進」を抑えて「子どもの貧困対策の推進」が1位となりました。全国平均で7人に1人といわれている子どもの貧困ですが、沖縄では3人に1人。

ここで「鉛筆1本」のお話をご紹介させていただきます。

クラスに宿題をしてこない児童がおり、先生が問いただしても何も答えない。ある日、その子は初めて万引きをしたのです。盗んだのは鉛筆1本。宿題をしたくて、勉強がしたくて万引きをしてしまったのです。後に、家には鉛筆がなく宿題すらできなかったことがわかりました。鉛筆1本買えず、万引きをせざる得なかった。にわかには信じ難いかもしれませんがそれが現実です。鉛筆1本で子どもの人生が左右されることを知りました。

国は、沖縄県の子どもの貧困対策支援として2016年度から75億円の予算を措置してきました。支援員の配置や学習支援、子ども食堂といった子どもの居場所づくりなどの運営にかかる支援がおこなわれてきました。

――自分の足で現地に行き、自分の目で、聞いて、感じること――

議員になってからこのことを大切にしてきた私は、これまで何度も沖縄に足を運び、子どもの居場所づくりに励んでいる方々や施設を訪問し、意見交換をさせていただきました。支援員の皆さんからは、居場所づくりなどの取り組みを通じて子どもたちの変化が見えてくることがあると聞きました。学習することが困難だった子が、支援を通して高校進学を目指すようになったり、子どもの様子から虐待を受けていることや障がいがあることを発見し、必要な支援機関につなぐこともあるそうです。子どものＳＯＳを見逃さず、自治体、学校、福祉施設やＮＰＯ団体と連携して手厚く対応していただいていました。

子どもの貧困は、親の貧困に起因します。負の連鎖を断ち切るためにも、子どもに対する支援のみならず、親への支援も両輪でおこなっていく必要があります。全国1位のシングルマザー率。ひとりあたりの県民所得は全国最下位。親が十分な所得を得られるようにするためにも、経済発展や雇用促進といった根本的な政策が必要です。強くて安定的な地場産業の発展はもとより、時代が求めるＩＴ人材の育成など、教育にも力を入れていくことが重要だと思います。シングルマザーでも専門職となり、経済的にも自立できるような支援も考えていきたいと思います。今はどこにいても仕事ができる時代です。沖縄の住みやすい環境を活かしながら、リモートで仕事ができるような仕組み作りを推進したいと思います。

長きにわたった米国の施政下では、日本の保育所という概念がなかったために、現在でも認可外保育所が多い沖縄。保育行政に携わる方から「沖縄は福祉も教育も10年遅れている」と聞いたときは驚きました。女性が子育てと仕事の両立ができるように、保育所などの環境整備も必要だと考えます。

「童《わらび》どぅ宝」

沖縄の子どもたちが未来に希望を持てるように。

子どもの貧困対策は、県や市だけで取り組むには財政的にも厳しいものがあります。中長期的に、国がしっかりと継続して支援する必要があると考えます。

沖縄の子どもたちが経済的・地理的な理由で進学の夢を諦めることがないように。また、広い視野を持って日本のみならず海外でも活躍できるように子どもたちを育くみたいと思います。

沖縄問題といえばもうひとつ、米軍基地問題だと思います。

私が生まれたときから基地は当たり前のように存在し、中部に遊びにいくと、アメリカ人がたくさんいる。基地内に友だちがいて、嘉手納《かでな》基地でおこなわれていた嘉手納カーニバルが大好きでした。街には沖縄民謡から洋楽までさまざまな音楽が流れていました。そのような思い出ばかりなので、基地があることに違和感はありませんでした。

しかし、当選直後には「沖縄出身なのに沖縄のことがわからないのか」「これから勉強するなんて議員として失格だ」とのご批判をいただきました。私もその通りだと思います。SPEEDとして12歳から上京し、その後、子育てが始まり、毎年のように沖縄に帰っていましたが、沖縄の歴史と真正面から向き合おうとしていなかったと思います。正直、その余裕すらありませんでした。

当選直後より、何度も沖縄に帰り、県民の声を聞かせていただきました。「沖縄では基地の話と野球の話は身内であってもしない」という方がいました。そう言われてみると、私も家族や友人と基地に関する話をあまりしたことがありません。また沖縄の恩師にお会いしたときに基地のことなどを質問すると「エリちゃん、辺野古のことや基地問題には首をつっこまないほうがいいよ」と心配されました。基地賛成といえばウチナーンチュではないと言われ、反対といえば色眼鏡で見られる。積極的に基地のことや沖縄の歴史について話すことができない雰囲気が沖縄にはどこか漂っていました。

辺野古の方々のお話をうかがう機会もいただきました。もちろん反対の方もいましたし、条件付き容認という方もいました。住民の意見は最大限に尊重されなければなりません。その一方で、安全保障や外交という高度な政治的判断に関わる問題です。簡単に答えが出るものではありません。

ただ言えることは、

――基地はないほうがいいに決まっている――

在日米軍人・軍属による事故や事件がなくなってほしい。私を含めた多くの県民の願いです。

想像してみました。

今私が住んでいる地域で土地を強制的に接収され、そこに基地が建設され、空には米軍のヘリが飛び、落下物事故が起きる可能性があることを想像すると、とても恐ろしい気持ちになります。

しかし、沖縄ではそれが現実に起きています。

70・28％。これは日本国内にある米軍基地の面積のうち、沖縄が負担している割合です。さらに、沖縄県土の８％が米軍基地によって占められています。本土における米軍基地面積の割合は０・02％であることを考えると、４００倍の負担を日常的に体感していることになります。米軍基地について沖縄県民が大きな負担を強いられているという紛れもない事実です。

また、在日米軍人・軍属による沖縄県民に対する暴行・殺人など悲惨な事件は、今もなお、県民を脅かしています。過去の戦争による惨禍やその後長く続いた米政府による統治の歴史と重なり、憤りという言葉だけでは表現できないものがあります。その精神的負担は計りしれません。

政府も何もしていないわけではありません。これまで、普天間所属の空中給油機全機の岩国飛行場への移駐、北部訓練場の過半、約4千ヘクタールの返還と引き渡し、オスプレイの沖縄県外への移転訓練などの基地負担軽減を進めていること。また、2013年4月に発表された沖縄統合計画に基づき、嘉手納以南の米軍施設・区域の約7割、約1千48ヘクタールを超える土地の返還を進めているところです。これまで、「速やかに返還される」としていた施設・区域については計画どおり返還されました。また、普天間飛行場の一部及び牧港補給地区の一部について、前倒し返還なども実現しています。

その上で、政府は基地負担を強いられる県民に寄り添い、対話を重ね、事実を誠実に丁寧に説明していくことを怠ってはなりません。

私は沖縄の歴史、政府の取り組み、沖縄の現状という事実は〝事実〟として受け入れ、沖縄の未来をどのように創っていくのか。前向きに建設的に考えていきたい。

普天間移設合意からすでに25年が経過しました。世界一危険と言われる普天間飛行場がこのまま放置されることはあってはなりません。基地の整理・統合・縮小を進め、沖縄の皆さんの負担を最大限に軽減できるように努めていきます。

また、基地問題は日本の安全保障の問題です。「沖縄問題」として捉えている限りは解決しません。国民全体の議論として広がらなければなりません。なぜなら「日米安全保障条約」「日米地位協定」に話は及びますし、自国防衛のあり方、ひいては憲法にまで話は及ぶからです。基地問題を「日本問題」として捉えたときに初めて、この議論は前進すると思っています。多くの方の声を聞きながら、刻々と変化する世界の情勢を見極めながら、議論を丁寧に重ねていきたいと思います。

――対立からは何も生まれない――

日本国民がともに考えることが、今こそ必要です。

史上初の手話での質疑

２０２０年11月30日。

私は参議院本会議場で手話を交えて質疑をおこないました。国会の歴史で手話による質疑は史上初めてのことでした。

国会の日程や運営方法は議院運営委員会で決定されます。質疑者の順番や質疑時間はもちろん、登壇の際に着用するマスクに関するルールといったことなどもここで話し合われます。

国会は私たちの国のことを話し合う場。民主主義において最も大切な国会審議に関わる情報保障はあまり進んでいませんでした。参議院の国会中継に字幕は表示されませんし、手話通訳も配置されていませんでした。また、感染症対策として登壇者は不織布マスクを着用することになっており、口元が隠れてしまいます。聴覚に障がいのある方たちにとって、国会で何を議論しているのかまったくわからない状況でした。

本会議場で手話を交えて質疑をおこなうことは、情報保障を訴えてきた私の挑戦でした。

反対されることも承知の上で、手話による質問を認めていただけるよう議運に諮っていただくことになりました。

これまでの感覚だと実現は難しいことです。理由はさまざまあります。障害者基本法において、手話は言語とされているものの、日本語とは異なる言語です。ふたつの言語を用いて質疑することが認められるのかという問題。また、国会の品位を損ねるパフォーマンスの類とみなされるかもしれないという問題。何より、慣例が重んじられる国会運営ですから、新しい取り組みの実現には慎重な検討を求められると思っていました。

しかし、ありがたいことに与野党の議運委員の皆さんのご理解をたまわり、全会一致の賛成で手話を交えての国会質疑が実現することになりました。

手話の歴史は決して平坦なものではありませんでした。

「聞こえる人と同じように」音声言語の獲得（いわゆる口話法）を目標としていたため、教育の場で長きにわたり手話の使用を禁じられていた時代がありました。ろう者の手話言語は奪われ、ろう文化は抑圧されてきたのです。そのため、社会でも「手真似《てまね》」と侮辱され、人々から差別を受けてきました。しかし、ろう者の皆さんはそれらに負けることなく、今日まで手話を守り、育て、伝承してきたのです。

当事者や関係団体の皆さんのこれまでのご尽力で２０１１年には、改正障害者基本法に〝手話は言語である〟と明記され、今では全国の４１５の自治体（執筆時点）で「手話言語条例」が制定されるまでに至りました。今もその動きは広がっています。

手話による国会質疑が実現するまで、きっと多くのろう者が汗と涙に濡れながら闘ってこられたのだと思うと胸がいっぱいになります。その方たちの思いに寄り添い、私にできるすべてのことを精いっぱいしようと誓い、質疑すべてに手話を併用させていただきました。

テレビで観ている聴覚障がい者に向けて……。

これまで手話を知らない聞こえる方々に向けて……。

上手にできたかはわかりませんが、降壇するとき与野党の議席からたくさんの拍手をいただきました。慣例で同じ政党の仲間の質疑の際に拍手をすることはあるのですが、まさか野党の議員から拍手をいただけるとは思いませんでした。両手をひらひらさせて迎えてくださった議員もいらっしゃいました。それは「拍手」を表す手話でした。国会がひとつになった瞬間でした。

政党やイデオロギーの壁を超え、障がい福祉施策を前に進めていきたいです。

もうひとつ嬉しかったことは、質疑を終えて、多くのろう者から感謝のメッセージをいただいたこと。そして、息子がテレビ画面にかじりつき私の手話をニコニコ観ていたことです。

――手話を通してひとつになれたこと――

――手話を通して人の温かさを感じたこと――

このどちらもが息子からもらった宝物だと思っています。

その後、2021年1月18日の通常国会から、参議院本会議のインターネット中継に手話通訳が導入されることになりました。国会の地下に通訳用の撮影ブースを設け、議場内の音声に合わせ通訳をおこないます。

内閣総理大臣による所信表明演説と代表質問がおこなわれる4日間、インターネット中継では手話通訳がワイプで映し出されるようになりました。今後はすべての本会議や委員会などに導入し、手話だけではなく字幕もセットにした形で国民の皆さんに届けられるようにしたいと思っています。

また、国会には手話通訳ができる衛視さんが11名いらっしゃいます。ろう学校の国会見学や聞こえない参観者などに手話で案内などをしていただいています。今回、20名増員することも決定となりました。ぜひ、聞こえない方たちにも国会に足を運んでいただければと思います。

ろう者の「アイデンティティー」であり、「いのち」である手話という言語を守り、これからも大切にしていきます。

なんくるないさぁ

今、世界中が新型コロナウイルスに苦しみ、明日の見えない毎日を送っています。それでも乗り越えられない壁はないと信じています。

私はこれまで、さまざまな問題にぶつかったり、大きな困難に直面したときは「なんくるないさぁ」。

そう思って生きてきました。

「なんくるないさぁ」は沖縄の言葉で「頑張れば乗り越えられるよ、なんとかなる」という意味です。決して大きな成功や何かを望むわけではなく、目の前にある壁を懸命に乗り越えることだけを考えてきました。

そのためにやるべきことは行動に移してきたつもりです。

今の時代、情報があふれすぎているため、その情報に左右される私たちがいます。まるで情報が神様であるかのように。情報も大切ですが、動いてみないとわからないこと、やってみなければわからないことは、たくさんある。行動してみたら見えてくる世界が必ずある。結果を恐れて行動するのをやめてしまったら、そこで歩みを止めてしまったら、そこから前には進むことができません。

まだ38年しか生きていませんし、決して手本になるような人生を歩んできたとはいえませんが、私がこれまで歩んできた道のりで経験してきたことをお伝えし、少しでも何かを感じてもらえることがあれば幸いです。

明日が見えない、未来が見えない今だからこそ、動こう。

ときには苦しくて逃げ出したくなる日もあります。

それでも私は今日も自分に言い聞かせます。

「動かなきゃ、何も始まらない」

今井絵理子さんに贈る言葉

～参議院議長・山東昭子～

今井絵理子が、参議院議員に当選してから丸5年が過ぎた。多くの人から「どうして彼女を政治の道へ案内したのか?」と、たびたび聞かれる。過去から現在まで、幾多もの有名人が、この道に入り、消えていくのを見てきた。私は、決して彼女がアイドルであったから、有名人であったから、声をかけたわけではない。彼女は、同じ苦しみで悩む人たちと、互いに励まし合いながら、地道な活動を重ねてきた。その姿をずっと見てきた。

彼女を知って10年がたち、政治の世界に誘うことを決めた。そのとき、彼女の能力を一番にわかっていらっしゃる、彼女の母校・八雲学園の理事長で、東京私立中学高等学校協会の会長もされている近藤彰郎先生に相談した。文教族であった私は、先生とは長いつき合いであった。

「今井絵理子さんを推薦しようと思います。先生はいかが思いますか?」と率直に尋ねた。先生は、「芸能界から多くの子が入学してくるが、皆忙しい。その中でも彼女は、寸暇を惜しみまじめに勉強していた。頭もよく彼女ならば間違いない。後援会長は私がなろう」と力強く太鼓判を押してくれた。私の自信は確信となり、意気揚々と党本部に推薦書を提出した。

当選してからは、初期の目的である聴覚障がい者のためだけでなく、福祉政策の全般はもちろん、教育や環境について、また、栄養失調に苦しむ世界の子どもたちのため、コツコツと誠実に仕事に取り組んでいる。大臣政務官としては災害対応にも尽力し、幅を広げた。ときにマスコミに叩かれることもあるが、私自身も散々同じ経験をしてきた。きちんと仕事をしていれば、国民は必ず理解してくれる。そう言って励ましている。悔しいこと、苦しいことがあっても、ぐっと唇をかみしめ、彼女は前を見続けている。

この本は、愛する礼夢くんと共に歩んできた半生と、これからの政治人生への思いを書き記している。きらびやかなスポットライトや舞台衣装を引き剥がした、ありのままの今井絵理子という人間を、読者にはぜひ見きわめていってほしい。

（令和3年、晩秋）

★撮影・資人導（vale.）
★ヘアメイク・朝日光輝（SUNVALLEY）
★スタイリスト・井関かおり
（表紙、巻頭口絵 1、8 ページ）

★衣装協力
TONAL、アビステ（表紙）
mite、アビステ（巻頭口絵 1 ページ）
バーニーズ ニューヨーク（巻頭口絵 8 ページ）

★写真・川田洋司『SPEED Welcome to SPEEDLAND』（青志社）より
（中面口絵 1 〜 7 ページ）
★『SPEED MUSIC BOX -ALL THE MEMORIES-』(SONIC GROOVE) ヴィジュアルBOOKより
（中面口絵 8 ページ）

★Special Thanks
株式会社　ライジングプロダクション
株式会社　青志社
エイベックス・エンタテインメント　株式会社
プロレスリング・ヒートアップ　株式会社

★取材協力・川上ともこ　★構成・巴康子　★装丁・西村美智代

動《うご》かなきゃ、何《なに》も始《はじ》まらない
聴覚障《ちょうかくしょう》がいのある息子《むすこ》を育《そだ》てる母《はは》として、
「SPEED」から政治家《せいじか》となった女性《じょせい》として

2021年11月30日　初版第1刷発行
2022年 1 月15日　　　第4刷発行
著者　　　今井絵理子《いまいえりこ》
発行人　　内野成礼
編集人　　田尾登志治
発行所　　株式会社 光文社
〒112-8011
東京都文京区音羽 1-16-6
編集部　　03(5395)8261
書籍販売部　03(5395)8112
業務部　　03(5395)8128

印刷・製本所　凸版印刷株式会社

ISBN978-4-334-95265-5
※価格はカバーに表示してあります。
※落丁本、乱丁本は業務部にご連絡いただければお取り替えいたします。